芥川龍之介考

中村稔

芥川龍之介考

中村稔

青土社

目次

初期作品考

I

芥川龍之介がはじめて発表した小説は、一九一四（大正三）年五月発行の『新思潮』に掲載された『老年』である。「橋場の玉川軒《ぎよくせんけん》と云ふ茶式料理屋で、一中節の順講《じゆんかう》があつた」とこの作品は始まる。

離れの十五畳の座敷の床の間に太祇の筆による軸が掲げられ、寒梅と水仙が古銅の瓶に投げ入れられている。上座は師匠、右の列に男性たち、左の列に女性たちが向かいあって坐り、右の末座にこの家の隠居が坐っている。

「隠居は房さんと云つて、一昨年、本卦返《ほんけがへ》りをした老人である。十五の年から茶屋酒の味をおぼへて、二十五の前厄には、金瓶大黒の若太夫と心中沙汰になつた事もあると云ふが、それから間もなく親ゆづりの玄米《くろごめ》問屋の身上《しんしやう》をすつてしまひ、器用貧乏と持つたが病の酒癖とで、歌沢の師匠もやれば俳諧の点者もやると云ふ具合に、それからそれへと微禄して一しきりは、三度のものにも事をかく始末だつたが、それでも幸に、僅な縁つゞきから今では此料理屋に引きとられて、楽隠居の身の上になつてゐる。」

本卦返りは還暦をいう。つまり、「房さん」というこの隠居は六十歳というわけである。客の一人が「あゝも変るものかね。辻番の老爺のやうになつちやあ、房さんもおしまひだ」などと話し、「房さんの噂はそれからそれへと暫の間つゞいたが、やがて」小川の旦那が「一寸座をはづして、はゞかりに立つた。実は其序に、生玉子でも吸はうと云ふ腹だつたのだが、廊下へ出ると中洲の大将が矢張そつとぬけて」来たのと出会い、一緒に小用をたして母屋の方へ廻ってくると、どこかで、ひそひそ話し声がしのびやかに聞こえる。どうやら右手の障子の中の声らしい。

「何をすねてるんだつてことよ。さう泣いてばかりゐちやあ、仕様ねえわさ。なに、お前さんは紀の国屋の奴さんとわけがある……冗談云つちやいけねえ。奴のやうなばゞあをどうするものかな。さましておいて、たんとおあがんなはいだと。さあさうきくから悪いわな。自体、お前と云ふものがあるのに、外へ女をこしらへてすむ訳のものぢやあねえ。そもそもの馴初めがさ。歌沢の浚ひで己が「わがもの」を語つた。あの時お前が……」

その声が、房さんの声と知った二人は細目にあいている障子の内を、及び腰でそっと覗きこんだ。

「部屋の中には、電燈が影も落さないばかりに、ぼんやりともつてゐる。（中略）床を前に置炬燵にあたつてゐるのが房さんで、此方からは黒天鵞絨《くろビロウド》の襟のかゝつてゐる八丈の小《こ》掻巻《がいまき》をひつかけた後姿が見えるばかりである。

女の姿は何処にもない。紺と白茶と格子になつた炬燵蒲団の上には、端唄本《はうたぼん》が二三冊ひろげられて頸に鈴をさげた小さな白猫が其側に香箱《かうばこ》をつくつてゐる。猫が身うごきをするたびに、頸の鈴がきこえるか、きこえぬかわからぬほどかすかな音をたてる。房さんは禿頭を柔な猫の毛に触れるばかりに近づけて、ひとり、なまめいた語を誰に云ふともなく繰り返してゐるのである。

「其時にお前が来てよ。あゝまで語つた己が憎いと云つた。芸事と……」

中洲の大将と小川の旦那とは黙つて、顔を見合せた。そして、長い廊下をしのび足で、又座敷へ引きかへした。

雪はやむけしきもない…………」

芥川龍之介の小説の処女作はここで終わる。

関口安義『芥川龍之介』（岩波新書、一九九五年）はこの作品を次のように要約している。

「物語は房さんという、一生を放蕩《ほうとう》と遊芸に費した男の晩年のわびしい姿を追って行く。江戸情緒の色濃くただよう大川端の料理屋、猫に向かってひとりなまめいた語を繰り返す老人、季節は冬、時は夕闇の迫るころ、外には雪が降り続くという舞台から浮かぶのは、やり切れないわびしさである。その彼方に、生きるとは何かの問いかけがある。」

私はこの関口の解釈に同意できない。まず、房さんは「猫に向かってひとりなまめいた語を繰り返す老人」ではない。房さんは傍らの猫に禿頭を近づけてはいるが、「ひとり、なまめいた語を誰に云ふともなく」語っているのであって、猫を女に見立てて話しているわけではない。ここに私たちが見るのは「やり切れないわびしさ」ではない。関口は零落した老人が華やかであった過去に思いを寄せているから、この作品を「わびしい」と読むのだが、そうではない。この情景にむしろ過去の幻に生きる房さんの妖艶で恍惚たる境地を見なくてはならない。過去の幻に生きることはむしろ房さんの幸せであって、房さんはわびしいわけではない。彼は楽隠居として生き、また、過去の幻に生きている。どちらが彼の本当の生のかたちなのか。この小説は、そう問いかけている。関口は「その彼方に、生きるとは何かの問いかけがある」というけれども、どちらに真実の房さんを見るか、ということがこの小説の問いなのである。

関口の解釈に同意できないと同じく、私は三好行雄が『芥川龍之介論』（筑摩書房、一九七六年）で示している解釈にも同意できない。三好は、この作品の「どこか新派劇の舞台を思わせる下町の情緒は、芥川龍之介の秘めた美意識と感受性に、もっとも甘美にささやきかけていたにちがいない。都会の〈近代〉を生きることを強いられた小市民の意識から、はるか遠い世界である」と言い、房さんも「生活者の日常から遠くはみだした人間」であり、「舞台もひとも、すべて日常生活の感覚と絶たれた世界である。そうした世界を処女作としてえがくところに」「芥川文学の発端があったわけである」と言う。大川のほとりに育ち、大通として知られた細木香以の姪を養母にもった芥川にとって、『老年』の世界は必ずしも日常から遠く離れた世界であったとはいえない。こうした世界は始終見聞きしていたはずである。かりにそうでなくとも、日常性から隔絶した場所から文学が出発することにどれほどの問題があるか。芥川は『老年』において、「生」の真実はどこにあるかという、もっと本質的な問いかけをしていたのであった。

さらに三好の論考を聞くこととする。

「もちろん、老いてなお見果てぬ夢を追う房さんは、老醜とか、老残とかいう印象からはほど遠い。無垢な感傷のかげりを帯びて、むしろ美しいとさえいえるのだが、にもかかわらず、猫を相手に去りがての情炎を鎮める晩年の一瞬が、かれの経てきた人生のくさぐさをかたわらにおいてみるとき、やはり、あまりにも侘びしく、むなしいたそがれの風景であることはまちがいない。いうまでもなく、〈房的〉に悔恨はない。だからこそ、かれの生はいっそう空無の風に吹きさらされることになるのだが、そのゆきくれた晩年を感傷的な情緒とともにえがいてみせたところに、むしろ青年作家のわかわかしい素顔がのぞいている。

芥川龍之介ははるか後年に、生きてゆくことは悔恨の堆積にほかならぬという、にがい真実について語る。凡常の一生をすごしてきて、みずからのしでかしたことの業とむくいに懊悩するひとりの老人、堀越玄鶴の凄絶な老年をえがくことになるのだが、そうした作家的命運のゆくえを、「老年」の作者はまだいささかも予想してはいなかったはずである。

「老年」の主人公はまったく逆に、経てきたさまざまの遭遇を空無のかなたに封じこめて、生きてきた時間の重さからすらりと解きはなたれている。すべての過去は、切なくうらがなしい独白だけを残して、茫として消えた。むろん、老人の見果てぬ夢が二十三歳の実感であったはずはない。だからこそ、老成のかげに稚気や衒気が透けて見えることにもなったのだが、それにしても、なにをどう生きたところで、人生とは所詮、この茫々としてむなしい風景のほかにはないと、「老年」を書く芥川龍之介は精一杯に背伸びしながら考えていた。」

三好も房さんが「猫を相手に去りがての情炎を鎮める」というような素朴な読み違えをしているが、彼が「老いてなお見果てぬ夢を追」っている、というのも読み違えであろう。房さんは夢をみているのではない。幻と対話しているのであり、この過去の幻もまた、房さんの現実であった。彼には「悔恨」がない、と三好はいうけれども、この独白は確実に「お前」とよぶ女性に向かって、なだめ、すかし、悔恨を語っているのである。彼女との関係を「空無のかなたに封じこめて、生きてきた時間の重さからすらりと解きはなたれている」などということはない。過去の幻に生きているのだから、過去から解き放たれることはない。「すべての過去は、切なくうらがなしい」わけではない。過去は房さんの眼前に髣髴として存在している。「人生とは所詮、この茫々としてむなしい風景のほかにはない」と若い芥川龍之介は考えていたわけではない。楽隠居として生きる房さんと過去の幻に生きる房さんとのどちらに真実の生があるのか。楽隠居という外観の裏に真実の房さんの生があるのではないか。『老年』の主題はそういう芥川の関心にある。房さんの心には悔恨が渦巻いていた。もちろん、この悔恨は『玄鶴山房』にみられるような凄絶なものではない。しかし、過去が現在にどういう意味をもつか、という問題意識において、『老年』は後年の名作『玄鶴山房』の萌芽と含んでいるとみてよい作品である。

2

『老年』と並んで、芥川龍之介の初期作品を代表するのは、一九一五（大正四）年四月発行の『帝国文学』に発表された『ひよつとこ』である。この作品のあらすじを三好行雄はその『芥川龍之介論』のなかで次のように紹介している。

「「ひよつとこ」の主人公山村平吉は嘘と仮面に終始した人生をすごしたあげく、花見の船中で、ひょっとこの面をかぶって踊りほうけながら急死する。その死は新聞の〈十把一束と云ふ欄〉で報じられることになるのだが、所詮は影でしかなかった生のむなしさにかさねて、人間存在の秘めた深淵にヤヌスの双面神を見るという、またしても、〈冷眼〉に写された生の凍りつく地獄が彷彿する。鬼気を読みとった後年の批評家もいたし、その批評をこばんだ宇野浩二でさえ、〈かぞへ年二十三歳の青年がかういふ小説を書いたことを思ふと、ぞつとする〉という印象はかくせなかった。」

　芥川の原文を引用する。

「しかし平吉が酒をのむのは、当人の云ふやうに生理的に必要があるばかりではない。心理的にも、飲まずにはゐられないのである。何故かと云ふと、酒さへのめば気が大きくなつて、何となく誰の前でも遠慮が入らないやうな心持ちになる。踊りたければ踊る。眠たければ眠る。誰もそれを咎める者はない。平吉には、何よりも之が難有いのである。何故之が難有いか。それは自分にもわからない。

　平吉は唯酔ふと、自分が全、別人になると云ふ事を知つてゐる。勿論、馬鹿踊を踊つたあとで、しらふになつてから、「昨夜は御盛でしたな」と云はれると、すつかりてれてしまつて、「どうも酔ぱらふとだらしはありませんでね。何をどうしたんだか、今朝になつてみると、まるで夢のやうな始末で」と月並な嘘を云つてゐるが、実は踊つたのも、眠てしまつたのも、未《いまだ》にちやんと覚えてゐる。さうして、その記憶に残つてゐる自分と今日の自分と比較すると、どうしても同じ人間だとは思はれない。それなら、どつちの平吉がほんとうの平吉かと云ふと、之も彼には、判然とわからない。酔つてゐるのは一時で、しらふでゐるのは始終である。さうすると、しらふでゐる時の平吉の方が、ほんとうの平吉のやうに思はれるが、彼自身では妙にどつちとも云ひ兼ねる。何故かと云ふと、平吉が後で考へて、莫迦々々しいと思ふ事は、大抵酔つた時にした事ばかりである。莫迦踊はまだ好い。花を引く。女を買ふ。どうかすると、こゝに書けもされないやうな事をする。さう云ふ事をする自分が、正気の自分だとは思はれない。Janusと云ふ神様には、首が二つある。どつちがほんとうの首だか知つてゐる者は誰もゐない。平吉もその通りである。

ふだんの平吉と酔つてゐる時の平吉とはちがふと云つた。そのふだんの平吉程、嘘をつく人間は少いかもしれない。之は平吉が自分で時々、さう思ふのである。しかし、かう云つたからと云つて、何も平吉が損得の勘定づくで嘘をついてゐると云ふ訳では毛頭ない。第一彼は、殆、嘘をついてゐると云ふ事を意識せずに、嘘をついてゐる。尤もついてしまふとすぐ、自分でもさうと気がつくが、現についてゐる時には、全然結果の予想などをする余裕は、無いのである。」

宇野浩二の評も、『芥川龍之介』（文藝春秋新社、一九五三年）から正確に引用しておきたい。

「さて、『ひよつとこ』は、花見時《はなみどき》に、隅田川を上る花見の船（伝馬船）の上《うへ》で、塩吹面《ひよつとこ》舞《まひ》ををどる事のすきな山村平吉が、得意の踊りををどつてゐるうちに、脳溢血をおこして、船の中に、ころがり落て、死んでしまふ、といふやうな話を、独得のしやれた、気どつた、文章で、得意の揶揄と皮肉をまぜて、書いたものである。ところで、この小説の最後に、平吉が、ほとんど意識がなくなつてから、「面を、……面をとつてくれ、……面を、」と、かすかな声で、いつたので、傍にゐた者が手拭と面をはづしてやるところがあつて、そのあとに、作者は、

しかし面の下にあつた平吉の顔はもう、ふだんの平吉の顔ではなくなつてゐた。小鼻が落ちて、脣の色が変つて、白くなつた額には、油汗が流れてゐる。一眼《ひとめ》見たのでは、誰でも之《これ》が、あの愛嬌のある、へうきんな、話のうまい、平吉だと思ふものはない。ただ変らないのは、つんと口をとがらしながら、とぼけた顔を胴の間《ま》の赤毛布《あかげつと》の上に仰向《あほむ》けて、静かに平吉を見上げてゐる、さつきのひよつとこの面ばかりである。

と、書いて、この小説を、結んでゐる。

これだけ読めば、実に気味がわるい、ある種の批評家などは、「鬼気がせまる、」などといふ。が、私は、（私も、）ちよいとさう思ふけれど、結局、さう思はない。ただ、かぞへ年二十三歳の青年がかういふ小説を書いたことを思ふと、ぞつとする。それは、私のやう

な鈍な生まれの者は、この年頃の自分は、呑気であつたから、こんなことを思ふのかもしれない。しかし、また、私は、かうも考へるのである、たつた二十三歳の青年が、このあんまりうまくない小説に、このやうな気のきいた結末を作つたのであるから、これはなみなみの才能ではない、と。

しかし、また、おなじ小説のなかにある、

Janus と云ふ神様には、首が二つある、どつちがほんたうの首だか知つてゐる者は誰もゐない。平吉もその通りである。

などといふところを読むと、私は、芥川は、すでに、こんな時分から、(どこで学んだのか、持ち前のものであるか、)かういふマヤカシの文句を、使ひはじめてゐたのか、と、驚歎するとともに、大いにアキレもしたのであつた。」

宇野浩二は「鬼気がせまる」とは思わないが、「二十三歳の青年がかういふ小説を書いたことを思ふと、ぞつとする」と言ったのであり、平吉の死の描写に「ぞつと」としたわけではない。宇野浩二は芥川の早熟さにぞっとした。同じ感想を宇野はヤヌスに芥川が言及したことを「マヤカシ」と評して表現した。ヤヌスに言及したのは確かに芥川の衒学趣味にちがいない。ただ、平吉という人格には二面性があって、そのどちらが真の自分であるかは平吉自身にも分からなかったということが、この小説の主題であることを思えば、ヤヌスが二つの首をもっていたということはかなりに適切な比喩といってよい、と私は考える。私は若年のころから宇野浩二を愛読し、彼の批評の影響をうけてきたが、この評に関する限りは、宇野に同感できない。また、三好が「人間存在の秘めた深淵」と言い、「生の凍りつく地獄」と言っても、その意味が私には理解できない。「人間存在の秘めた深淵」とは何をいうのか。「生の凍りつく地獄」とは何をいうのか。このような批評は私には呪文のようにしか見えない。

私は、芥川には私たちの生には外貌と内心との齟齬があり、じつはそのどちらが真実であるのか確かではない、という思想があった、と考えている。私は『老年』について、楽隠居として生きる房さんと過去の幻に生きる房さんとのどちらに真実の生があるのか、楽隠居という外観の裏に真実の房さんの生があるのではないか、と書いたが、このように『ひょつとこ』を読むと、同じ主題を扱った作品であることが理解されるはずである。この主題はドイツ語でいうDoppelgängerの問題にもつながり、芥川はこのような問題意識を生涯にわたり持ち続けていたと考えるが、それはさておき、芥川の初期作品についていえば、たとえば『手巾』が同じ主題の作品であるといえるであろう。

3

『手巾』と題する小説のあらすじをまず確かめておく。東京帝国法科大学教授長谷川謹造の許を彼の学生であった西山憲一郎の母親が訪ねてくる。彼女の子息が死んで昨日が初七日であった、という。対話をかわしている間に「先生は、意外な事実に気がついた。それは、この婦人の態度なり、挙措《きよそ》なりが、少しも自分の息子の死を、語つてゐるらしくないと云ふ事である。眼には、涙もたまつてゐない。声も、平生の通りである。その上、口角には、微笑さへ浮んでゐる。これで、話を聞かずに、外貌だけ見てゐるとしたら、誰でも、この婦人は、家常茶飯事を語つてゐるとしか、思はなかつたのに相違ない。――先生には、これが不思議であつた。」やがて、先生が団扇を床に落としたので、手を伸ばすと、「先生の眼には、偶然、婦人の膝が見えた。膝の上には、手巾《ハンカチ》を持つた手が、のつてゐる。勿論これだけでは、発見でも何でもない。が、同時に、先生は、婦人の手が、はげしく、ふるへてゐるのに気がついた。ふるへながら、それが感情の激動を強いて抑へようとするせいか、膝の上の手巾を、両手で裂かないばかりに緊く、握つてゐるのに気がついた。さうして、最後に、皺くちやになつた絹の手巾が、しなやかな指の間で、さながら微風にでもふかれてゐるやうに、繡《ぬいとり》のある縁《ふち》を動かしてゐるのに気がついた。――婦人は、顔でこそ笑つてゐたが、実はさつきから、全身で泣いてゐたのである。」先生は、夕食のときに、奥さんにその一部始終を話し、日本の女の武士道だと賞賛する。ここまでが本筋だが、続きがあって、先生はふと手にしていたストリントベルクの本の頁に眼をやると、次の一節がある。

「――私の若い時分、人はハイベルク夫人の、多分巴里から出たものらしい、手巾《ハンケチ》のことを話した。それは、顔は微笑してゐながら、手は手巾を二つに裂くと云ふ、二重の演技であつた。それを我等は今、臭味《メッツヘン》と名づける。……」

「今、読んだ所からうけとつた暗示の中には、先生の、湯上りののんびりした心もちを、擾《みだ》さうとする何物かがある。武士道と、さうしてその型《マニイル》と――

先生は、不快さうに二三度頭を振つて、それから又上眼を使ひながら、ぢつと、秋草《あきぐさ》を描いた岐阜提灯の明い灯を眺め始めた。……」

と終わる。

この『手巾』は一九一六（大正五）年一〇月発行の『中央公論』に発表された。『鼻』が掲載されたのが、同年二月発行の『新思潮』であり、『鼻』が夏目漱石に絶賛された、その年の冬、つまり一年足らずの間には、当時『中央公論』に発表できれば一流作家と見なされるほど評価の高かった雑誌に掲載されたわけである。芥川龍之介の登場はそれほどに颯爽たるものであった。それはともかく、この長谷川謹造は新渡戸稲造をモデルにしており、文中のストリントベルクの文章は、その前年の三月・六月、『新小説』に掲載された小宮豊隆訳『ストリントベルクの俳優論』が用いられている、と『芥川龍之介全集』（岩波書店、一九九五—一九九八年。以下「全集」という）の注解に記されている。新渡戸稲造に『武士道』という世界的に知られた著書がある。この小説の婦人は『ストリントベルクの俳優論』を読んでいて演技したのか。まさか、そういうことはあり得ないだろう。新渡戸稲造としては、この婦人のような抑制された悲哀の表現はまさに日本女性の武士道によると言いたかったのに、ヨーロッパではすでに悲哀の表現の「演技」として指摘されていることを知った教授の心に、婦人の表現が武士道の表現か、演技か、疑問を生じ、教授の心が擾されるのは必至であり、そういう意味で、このストリントベルクの評論によって教授の心が擾されたという末尾は蛇足と思われるが、逆に、これに触れておかないと、芥川がストリントベルクの俳優論から発想して、この小説を書いたのではないか、という疑いを招くであろう。そのために、このような蛇足とも思われる教授の心境を書き足したのかもしれない。

私はこの作品を『老年』『ひょつとこ』に連なる作品と考える。死後、初七日を終えたばかりの子息について家常茶飯事のように平静に語る外貌と、「感情の激動を強いて抑へようとするせいか、膝の上の手巾を、両手で裂かないばかりに緊く、握つてゐる」内心とに彼女は引き裂かれている。ここにも外貌と内心の齟齬がある。そのどちらが真の彼女であるか、彼女自身も分からないのではないか。いずれも真実の彼女なのである。

4

翌一九一七（大正六）年九月発行の『黒潮』に発表された『二つの手紙』は、もっとじかにドッペルゲンゲル Doppelgänger を描いた作品である。警察署長宛の第一の手紙で佐々木信一郎と名のる三十五歳の私立大学の教師が二回の経験を語っている。

最初は「昨年十一月七日、」「午後九時と九時三十分との間」、有楽座の慈善演芸会へ妻とともに出かけた時に起こった。彼が仲入りに廊下に出て小用をたして帰ってくると「妻は、明い電燈の光がまぶしいやうに、つゝましく伏眼になりながら、私の方へ横顔を向けて、静に立つてゐる」、「その妻の傍《そば》に、こちらを後にして立つてゐる、一人の男の姿」を認める。「私は、その時その男に始めて私自身を認めた」という。「第二の私は、第一の私と同じ羽織を着て居りました。第一の私と同じ袴《はかま》を穿《は》いて居りました。さうして又、第一の私と、同じ姿勢を装つて居りました。もしそれがこちらを向いたとしたならば、恐らくその顔も亦、私と同じだつた事でございませう。」「妻の視線は、幸にも私の視線と合しました。さうして、それと殆ど同時に、第二の私は丁度硝子に亀裂《ひゞ》の入るやうな早さで、見る間に私の眼界から消え去つてしまひました」という。

第二回は今年の一月一七日に起こった。正午近く、「駿河台下の或カツフエへ飯を食ひに参りました」ところ、「電車の線路一つへだてた中西屋の前の停留場」へ眼を落とすと、「その赤い柱の前には、私と私の妻とが肩を並べながら、睦しさうに立つてゐた」、「妻は黒いコオトに、焦茶の絹の襟巻をして居りました。さうして鼠色のオオヴア・コオトに黒のソフトをかぶつてゐる私に、第二の私に、何か話しかけてゐるやうに見えました。閣下、その日は私も、この第一の私も、鼠色のオオヴア・コオトに、黒のソフトをかぶつてゐたのでございます。私はこの二つの幻影を、如何に恐怖に充ちた眼で、眺めましたらう」とある。

第二の手紙で、佐々木は警察署長に妻が失踪したことを知らせている。

これは『老年』『ひょつとこ』『手巾』では外貌と内心との齟齬にみられた分裂が、外貌まで分裂して分身となってしまったための悲劇と考える。現実と幻に生きる自我の分裂、どこまでが真実の自分であり、どこからが真実の自分でないかが自ら分からない苦悩を、芥川はその文学的出発期に描いた。このどこまでが真実の自分であり、どこからが真実の自分でないか分からない自我が、別のもう一人の自分と出会う、つまりは肉体的にも分裂するのは自然な発展といってよい。それが『二つの手紙』でドッペルゲンゲルの主題として展開した。ただ、この『二つの手紙』はテーマだけが存在し、人物造型もストーリーの運びも貧しい。文学的には失敗作としか言いようがないが、このような問題意識を芥川はその生涯にわたって抱き続けた。

5

『或日の大石内蔵助』は一九一七（大正六）年九月発行の『中央公論』に発表された作品であり、発表は『二つの手紙』と同時期である。復讐後、大石は細川家に預かりになっている。同じく細川家預かりになっているかつての同志たちが、彼らの復讐に刺戟されて、「江戸中に何かと仇討じみた事が流行る」そうだといった噂をしているところに、細川家の堀内伝右衛門が現れて、「御一同の忠義に感じると、町人百姓までがさう云ふ真似がして見たくなるのでございませう」というの聞いて、大石は「手前たちの忠義をお褒め下さるのは難有いが、手前一人の量見では、お恥しい方が先に立ちます」と言って、一味に加わらなかったり、一味から脱落した赤穂藩の旧臣たちについて語る。「一座の空気は、内蔵助のこの語と共に、今までの陽気さをなくして、急に真面目な調子を帯びた。」しかし、大石は「彼の転換した方面へ会話が進行した結果、変心した故朋輩の代価で、彼等の忠義が益《ます》〻《〳〵》褒めそやされてゐると云ふ、新しい事実を発見した。」「彼としては、実際彼等の変心を遺憾とも不快とも思つてゐた。が、彼はそれらの不忠の侍をも、憐みこそすれ、憎いとは思つてゐない。人情の向背も、世故《せこ》の転変も、つぶさに味つて来た彼の眼から見れば、彼等の変心の多くは、自然すぎる程自然であつた。もし真率と云ふ語が許されるとすれば、気の毒な位真率であつた。」こうした心境のために、「彼の胸底を吹いてゐた春風は、再幾分の温もりを減却した。」

そこで、彼の不快が「最後の仕上げを受ける」ことになる。堀内伝右衛門が「内蔵助の忠義に対する盛な歎賞の辞をならべはじめた」とあり、次のようなことを語る。

「承れば、その頃京都では、大石かるくて張抜石《はりぬきいし》などと申す唄も、流行《はや》りました由を聞き及びました。それほどまでに、天下を欺き了《をう》せるのは、よく〳〵の事でなければ出来ますまい。」同志の小野寺十内が伝右衛門に「当時内蔵助が仇家の細作を欺く為に、法衣をまとつて升屋の夕霧のもとへ通ひつめた話を、事明細に話して聞かせた。」

「内蔵助は、かう云ふ十内の話を、殆侮蔑されたやうな心もちで苦々《にがく》しく聞いてゐた。と同時に又、昔の放埒の記憶を、思ひ出すともなく思ひ出した。それは、彼にとつては、不思議な程色彩の鮮《あざやか》な記憶である。かれはその思ひ出の中に、長蠟燭の光を見、伽羅の油の匂を嗅ぎ、加賀節の三味線の音を聞いた。いや、今十内が云つた里《さと》げしきの「さすが涙のばら〳〵袖に、こぼれて袖に、霧のよすがのうきつとめ」と云ふ文句さへ、春宮《しゆんぐう》の中からぬけ出したやうな、夕霧や浮橋のなまめかしい姿と共に、歴々と心中に浮んで来た。如何に彼は、この記憶の中に出没するあらゆる放埒の生活を、思ひ切つて受用した事であらう。さうして又、如何に彼は、その放埒の生活の中に、復讐の挙を全然忘却した駘蕩たる瞬間を、味つた事であらう。彼は己を欺いて、この事実を否定するには、余りに正直な人間であつた。勿論この事実が不道徳なものだなどと云ふ事も、人間性に明な彼にとつて、夢想さへ出来ない所である。従つて、彼の放埒のすべてを、彼の忠義を尽す手段として激賞されるのは、不快であると共に、うしろめたい。

かう考へてゐる内蔵助が、その所謂佯狂苦肉の計を褒められて、苦い顔をしたのに不思議はない。彼は、再度の打撃をうけて僅に残つてゐた胸間の春風が、見る〳〵中に吹きつくしてしまつた事を意識した。あとに残つてゐるのは、一切の誤解に対する反感と、その誤解を予想しなかつた彼自身の愚に対する反感とが、うすら寒く影をひろげてゐるばかりである。彼の復讐の挙も、彼の同志も、最後に又彼自身も、多分この儘、勝手な賞讃の声と共に、後代まで伝へられる事であらう。——かう云ふ不快な事実と向ひあひながら、彼は火の気のうすくなつた火鉢に手をかざすと、伝右衛門の眼をさけて、情無ささうにため息をした。」

ここでこの小説は終わってもよいはずだが、作者は行空きを設けて、数行の末尾で、

「それから何分かの後」「かすかな梅の匂につれて、冴返る心の底へしみ透つて来る寂しさは、この云ひやうのない寂しさは、一体どこから来るのであらう。――内蔵助は、青空に象嵌《ざうがん》をしたやうな、堅く冷《つめた》い花を仰ぎながら、何時までもぢつと彳《たゝず》んでゐた」と終わる。

これは大石内蔵助の京都の島原などにおける遊蕩の生活が吉良、上杉の細作といわれる密偵を欺くための佯狂苦肉の計であったという俗説に対する、芥川の才気走った新解釈のようにみえる。大石は放埒の生活を過ごし、駘蕩たる瞬間を送ったにちがいない。それがその時点での彼の真実であった。芥川は大石の正直さを言い、人間性を言っているが、そうであればこそこの遊蕩は確実に遊興の場における現実であった。この遊蕩が佯狂の策謀という面を持っていたことを芥川は否定しているわけではない。次のような一節がある。

「彼は放埒を装つて、これらの細作の眼を欺くと共に、併せて又、その放埒に欺かれた同志の疑惑をも解かなければならなかつた。山科や円山の謀議の昔を思ひ返せば、当時の苦衷が再心の中によみ返つて来る。」

敵を欺くための放埒な生活だったからといって、放埒な生活を享受しなかったことにはならない。当時の大石には、放埒を装う彼と放埒を享受する彼という、二人の大石が一人の人格の中に同居していた。一人の人格の中にどちらが真実か分からない人物がふたり存在するという意味で、やはり、この作品も『老年』『ひよつとこ』『手巾』に連なり、『二つの手紙』とも連なる要素をもった作品である。

この作品について、三好行雄は「重要なのは、寒梅の前に身をおいた内蔵助の心を領するのが、もはや不快でも反感でも嫌悪でもない、〈冴返る心の底へしみ透つて来る寂しさ〉であったという事実である」と言い、「内蔵助の自足と平穏をみだした心理的抵抗は、ほぼ三つの〈現実〉に発している」と書いている。

三好は「ひとつは、仇討の流行という、堀内伝右衛門のもたらした町方の滑稽なうわさ話である」とし、第二は、「変心した故朋輩の代価で、彼等の忠義が益褒めそやされてゐる」という事実であり、「最後の〈現実〉はもっと明瞭である」と言い次のとおり書いている。

「島原や祇園の遊興を、ひとびとは〈佯狂〉であり、敵をあざむく〈苦肉の計〉としてほめそやす。しかし、内蔵助の記憶は〈放埒の生活を、思ひ切つて受用した事〉も、〈放埒の生活の中に、復讐の挙を全然忘却した駘蕩たる瞬間を、味つた事〉も否定しない。かれは人間性の真実として、その記憶を許している。しかし、他者はそこに、〈佯狂苦肉の計〉をしか見ない。

内蔵助はもとより、放埒という行為について、いささかの心理的抵抗も感じていない。行為ではなく、行為が開かれた世界につれだされた時に生じる違和感が、かれの不快の原因なのである。」

「内蔵助はもとより、放埒という行為について、いささかの心理的抵抗も感じていない」というのは本当であろうか。彼が放埒な生活、駘蕩たる瞬間に身に任せていたことは間違いない。そのために「放埒に欺かれた同志の疑惑をも解かなければならなかった」のである。だから、大石の内心においてその放埒な生活を享受したことに心理的抵抗を感じていなくとも、同志ないし旧同志に告白できることではなかった。それが彼が「寂しさ」を感じた所以であった。大石の心理をこのように解き明かしたことが芥川の新解釈であった。

6

一九二〇（大正九）年九月発行の『改造』に発表された『影』という作品がある。作品では横浜の貿易商社を営む中国人陳彩と鎌倉に住む彼の妻で元珈琲店のウエイトレスであった房子が交互に何回か描かれる。今西という社員が房子の不貞を知らせる匿名の手紙を陳に送り、陳は私立探偵に房子の調査を依頼する、といったことが語られているが、それらは小説の重要な背景ではない。

房子は誰もいるわけでもないのに、始終「誰かが後にゐて、ぢつとその視線を彼女の上に集注してゐるやうな心もち」なのである。

下り終列車で鎌倉駅に降りた陳は探偵から誰も来客はなかったと聞く。「一時間の後陳彩は、彼等夫婦の寝室の戸へ、盗賊のやうに耳を当てながら、ぢつと容子を窺つてゐる」が「寝室の中からは、何の話し声も聞えなかつた。」彼が「房子」と呼ぶと、その途端、「高い二階の室《へや》の一つには、意外にも眩しい電燈がともつた。」「やがてその二階の窓際には、こちらへ向いたらしい人影が一つ、朧《おぼろ》げな輪廓《りんくわく》を浮き上らせた。」「その姿が、女でない事だけは確である」といった一節から次の一節に続き、クライマックスに近づく。

「一瞬間の後陳彩は、安々塀を乗り越えると、庭の松の間をくぐりくぐり、首尾よく二階の真下にある、客間の窓際へ忍び寄つた。其処には花も葉も露に濡れた、水々しい夾竹桃の一むらが、……………

陳はまつ暗な外の廊下に、乾いた唇を噛みながら、一層嫉妬深い聞き耳を立てた。それはこの時戸の向うに、さつき彼が聞いたやうな、用心深い靴の音が、二三度床に響いたからであつた。

足響《あしおと》はすぐに消えてしまつた。が、興奮した陳の神経には、程なく窓をしめる音が、鼓膜を刺すやうに聞えて来た。その後には、――又長い沈黙があつた。

その沈黙は忽《たちま》ち絞め木のやうに、色を失つた陳の額へ、冷たい脂汗を絞り出した。彼はわなわな震へる手に、戸のノッブを探り当てた。が、戸に錠の下りてゐる事は、すぐにそのノッブが教へてくれた。

すると今度は櫛《くし》かピンかが、突然ばたりと落ちる音がした。しかしそれを拾ひ上げる音は、いくら耳を澄ましてゐても、何故か陳には聞えなかつた。

かう云ふ物音は一つ一つ、文字通り陳の心臓を打つた。陳はその度に身を震はせながら、それでも耳だけは剛情にも、ぢつと寝室の戸へ押しつけてゐた。しかし彼の興奮が極度に達してゐる事は、時々彼があたりへ投げる、気違ひじみた視線にも明かであつた。

苦しい何秒かが過ぎた後、戸の向うからはかすかながら、ため息をつく声が聞えて来た。と思ふとすぐに寝台の上へも、誰かが静に上つたやうであつた。

もしこんな状態が、もう一分続いたなら、陳は戸の前に立ちすくんだ儘、失心してしまつたかも知れなかつた。が、この時戸から洩れる、蜘蛛《くも》の糸程の朧《おぼろ》げな光が、天啓《てんけい》のやうに彼の眼を捉へた。陳は咄嗟に床へ這ふと、ノツブの下にある鍵穴から、食ひ入るやうな視線を室内へ送つた。

その刹那に陳の眼の前には、永久に呪はしい光景が開けた。……………………」

この無気味な一節の次に場面は横浜に戻って、今西が房子に不貞な行為があるかのような手紙を書いている。そして、ふたたび、鎌倉に戻ってクライマックスを迎える。

「陳の寝室の戸は破れてゐた。が、その外は寝台も、西洋幮《がや》も、洗面台も、それから明るい電燈の光も、悉一瞬間以前と同じであつた。

陳彩は部屋の隅に佇んだ儘、寝台の前に伏し重なつた、二人の姿を眺めてゐた。その一人は房子であつた。――と云ふよりも寧《むし》ろさつきまでは、房子だつた「物」であつた。この顔中紫に腫れ上つた「物」は、半ば舌を吐いた儘、薄眼に天井を見つめてゐた。もう一人は陳彩であつた。部屋の隅にゐる陳彩と、寸分も変らない陳彩であつた。これは房子だつた「物」に重なりながら、爪も見えない程相手の喉に、両手の指を埋めてゐた。さうしてその露《あらは》な乳房の上に、生死もわからない頭を凭せてゐた。

何分かの沈黙が過ぎた後、床の上の陳彩は、まだ苦しさうに喘《あへ》ぎながら、徐《おもむろ》に肥つた体を起した。が、やつと体を起したと思ふと、すぐまた側《そば》にある椅子の上へ、倒れるやうに腰を下してしまつた。

その時部屋の隅にゐる陳彩は、静に壁際を離れながら、房子だつた「物」の側に歩み寄つた。さうしてその紫に腫上つた顔へ、限なく悲しさうな眼を落した。」

まだDoppelgängerとして陳彩の行動の描写が続くが省略する。最後に東京で『影』という映画をみた男女の会話があって、この作品は終わる。

あるいは、嫉妬に狂った陳彩がその分身に房子を殺させたのか。どうして房子は死に、二人の陳彩は生きて会話できるのか。理解が難しい作品であり、芥川の才気を窺うことができない凡作であることは間違いない。だが、『老年』『ひよつとこ』の初期二作は、思想として『影』と共通する素地をなしているのではないか。

芥川の遺稿となった作品『歯車』の中に「僕は久しぶりに鏡の前に立ち、まともに僕の影と向ひ会つた。僕の影も勿論微笑してゐた。僕はこの影を見つめてゐるうちに第二の僕のことを思ひ出した。第二の僕、——独逸《ドイツ》人の所謂Doppelgängerは仕合せにも僕自身に見えたことはなかつた。しかし亜米利加の映画俳優になつたK君の夫人は第二の僕を帝劇の廊下に見かけてゐた」といふ一節がある。

私は『老年』『ひよつとこ』の主題ないし主題に近い思想は芥川の生涯の問題であったと考える。『歯車』については、彼の晩年の作品を検討するときに考えることとしたい。

王朝小説考

I

私は『羅生門』を芥川龍之介の処女作のように錯覚していた。これは『老年』が生前単行本に収められていなかったこと、『ひょつとこ』が第二創作集である一九一七（大正六）年一一月刊の『煙草と悪魔』に収められ、『羅生門』がそれ以前、同年五月刊行された第一創作集の表題作であったことによるかもしれない。この作品の大筋は『今昔物語集』巻二九の第一八話「羅《ら》城門《せいもん》登上層《のうはこしにのぼりて》見死人《しにんをみたる》盗人語《ぬすびとのこと》」によっており、一部を同じ『今昔物語集』、巻三一の第三一話「大刀《たち》帯陣《はきのぢんに》売魚《うををうる》嫗語《おうなのこと》」によっていることは知られているとおりである。だが、これらを素材とし、これらから発想したとしても、作品としては、これらとは大いに違っている。

『羅生門』は「或日の暮方の事である。一人の下人《げにん》が、羅生門《らしやうもん》の下で雨やみを待つてゐた」と書き始められている。「しかし、下人は雨がやんでも、格別どうしようと云ふ当てはない。ふだんなら、勿論《もちろん》、主人の家へ帰る可き筈である。所がその主人からは、四五日前に暇《ひま》を出された。前にも書いたやうに、当時京都の町は一通りならず衰微してゐた。今この下人が、永年、使はれてゐた主人から、暇を出されたのも、実はこの衰微の小さな余波に外ならない。だから「下人が雨やみを待つてゐた」と云ふよりも「雨にふりこめられた下人が、行き所がなくて、途方にくれてゐた」と云ふ方が、適当である」、と作者は後に言い換えている。「下人は、何を措《お》いても差当り明日の暮しをどうにかしようとして——云はゞどうにもならない事を、どうにかしようとして、とりとめもない考へをたどりながら、さつきから朱雀大路にふる雨の音を、聞くともなく聞いてゐたのである」という。「どうにもならない事を、どうにかする為には、手段を選んでゐる遑《いとま》はない。」「選ばないとすれば」「盗人になるより外に仕方がない」ということを「積極的に肯定する丈の、勇気が出ずにゐたのである」と書かれている。

下人は「人目にかゝる惧《おそれ》のない、一晩楽にねられさうな所があれば、そこでともかくも、夜を明かさうと思」って、羅生門の急な梯子を、一番上の段まで「這ふやうにして上りつめ」、「頸を出来る丈、前へ出して、恐る恐る、楼の内を覗いて見」る。そこで下人が見た光景を作者は次のように描いている。

「見ると、楼の内には、噂に聞いた通り、幾つかの屍骸が、無造作に棄てゝあるが、火の光の及ぶ範囲が、思つたより狭いので、数は幾つともわからない。唯、おぼろげながら、知れるのは、その中に裸の屍骸と、着物を着た屍骸とがあると云ふ事である。勿論、中には女も男もまじつてゐるらしい。さうして、その屍骸は皆、それが、嘗《かつ》て、生きてゐた人間だと云ふ事実さへ疑はれる程、土を捏ねて造つた人形のやうに、口を開《あ》いたり手を延ばしたりして、ごろごろ床《ゆか》の上にころがつてゐた。しかも、肩とか胸とかの高くなつてゐる部分に、ぼんやりした火の光をうけて、低くなつてゐる部分の影を一層暗くしながら、永久に唖《をし》の如く黙つてゐた。

下人は、それらの屍骸の腐爛した臭気に思はず、鼻を掩つた。しかし、その手は、次の瞬間には、もう鼻を掩ふ事を忘れてゐた。或る強い感情が、殆悉この男の嗅覚を奪つてしまつたからである。」

これは、罪人たちの阿鼻叫喚がないとはいえ、地獄絵に近い。下人の嗅覚を奪った「或る強い感情」がどういう感情であるか、作者は書いていない。下人が覚えた感情とは、死のあさましさ、人間という存在の憐れさではなかったか。見方によっては、下人は人間性に目覚めたといえるかも知れない。

その時、下人は「其屍骸の中に蹲《うづくま》つてゐる人間を見た。檜皮色《ひはだいろ》の着物を着た、背の低い、瘦せた、白髪頭の、猿のやうな老婆である。その老婆は、右の手に火をともした松の木片を持つて、その屍骸の一つの顔を覗きこむやうに眺めてゐた。」「下人は、六分の恐怖と四分の好奇心とに動かされて、暫時は呼吸《いき》をするのさへ忘れてゐた。」老婆は「眺めてゐた屍骸の首に両手をかけると、丁度、猿の親が猿の子の虱《しらみ》をとるやうに、その長い髪の毛を一本づゝ抜きはじめた。」

「この時、誰かがこの下人に、さつき門の下でこの男が考へてゐた、饑死をするか盗人になるかと云ふ問題を、改めて持出したら、恐らく下人は、何の未練もなく、饑死を選んだ事であらう。それほど、この男の悪を憎む心は、老婆の床《ゆか》に挿した松の木片のやうに、勢よく燃え上り出してゐたのである」という。

下人は老婆とつかみ合いをし、老婆を扭《ね》ぢ倒し「何をしてゐた。云へ」と問い詰める。結局、老婆は「この髪を抜いてな、この髪を抜いてな、鬘《かつら》にせうと思うたのぢや」と答える。「下人は、老婆の答が存外、平凡なのに失望した」という。老婆が語る。

「成程な、死人《しびと》の髪の毛を抜くと云ふ事は、何ぼう悪い事かも知れぬ。ぢやが、こゝにゐる死人どもは、皆、その位な事を、されてもいゝ人間ばかりだぞよ。現在、わしが今、髪を抜いた女などはな、蛇を四寸ばかりづゝ切つて干したのを、干魚《ほしうを》だと云うて、太刀帯《たてはき》の陣へうりに往んだわ。疫病《えやみ》にかゝつて死ななんだら、今でも売りに往んでゐた事であろ。それもよ、この女の売る干魚は、味がよいと云うて、太刀帯どもが、欠かさず菜料《さいれう》に買つてゐたさうな。わしは、この女がした事が悪いとは思うてゐぬ。せねば、饑死をするのぢやて、仕方がなくした事であろ。されば、今又、わしのしてゐた事も悪い事とは思はぬよ。これとてもやはりせねば、饑死をするぢやて、仕方がなくする事ぢやわいの。ぢやて、その仕方がない事を、よく知つてゐたこの女は、大方わしのする事も大目に見てくれるであろ。」

この言葉を聞いた時に下人には勇気が生まれて来た。「それは、さつき門の下で、この男には欠けてゐた勇気である。さうして、又さつきこの門の上へ上つて、老婆を捕へた時の勇気とは、全然、反対な方向に動かうとする勇気である。」「きつと、さうか」と「下人は嘲るやうな声で念を押し」、「では、己が引剥《ひはぎ》をしようと恨むまいな。己もさうしなければ、饑死をする体なのだ」といって、下人はすばやく老婆の着物を剝ぎとり、老婆を屍骸の上へ蹴倒し、「剝ぎとつた檜皮色の着物をわきにかゝへて、またゝく間に急な梯子を夜の底へかけ下りた。」

この小説『羅生門』は次の一節で終わる。

「下人の行方は、誰も知らない。」

この末尾は一九一五（大正四）年一一月発行の『帝国文学』に発表された時は、次のとおりであった。

「下人は、既に、雨を冒して、京都の町へ強盗を働きに急ぎつゝあつた。」

また、一九一七（大正六）年五月刊行された『羅生門』に収録されたときは次のとおりであった。

「下人は、既に、雨を冒して、京都の町へ強盗を働きに急いでゐた。」

一九一八（大正七）年七月に単行本『鼻』に収められたときに、右のように「下人の行方は、誰も知らない」と推敲されて、これが決定稿となったことは多くの先学がすでに指摘しているとおりである。

『今昔物語集』巻二九の第一八話「羅《ら》城門《せいもんの》 登上層《うはこしにのぼりて》 見死人《しにんをみたる》盗人語《ぬすびとのこと》」では、『新日本古典文学大系』第三七巻（岩波書店、一九九六年）によれば、

「今昔《いまはむかし》、摂津《つ》ノ国辺《わたり》ヨリ、盗《ぬすみ》セムガ為ニ京ニ上《のぼり》ケル男《をとこ》」が門の上層に登ると「若キ女ノ死テ臥《ふし》タル有リ。其ノ枕上《まくらがみ》ニ火ヲ燃《とも》シテ、年極《いみじ》ク老タル嫗《おうな》ノ白髪《しらが》白キガ、其ノ死人《しにん》ノ枕上

ニ居《ゐ》テ、死人ノ髪ヲカナグリ抜キ取ル」のを見て不審に思い、刀を抜いて走り寄ると「嫗、「己ガ主《あるじ》ニテ御《おはし》マシツル人ノ失《うせ》給ヘルヲ、繚《あつか》フ人ノ無ケレバ、此《かく》テ置奉《おきたてまつり》タル也。其ノ御《み》髪《ぐし》ノ長《たけ》ニ余《あまり》テ長ケレバ、其ヲ抜取《ぬきとり》テ鬘《かづら》ニセムトテ抜ク也。助ケ給ヘ」ト云ケレバ、盗人、死人ノ着タル衣ト、嫗ノ着タル衣ト、抜取テアル髪トヲ奪取《うばひとり》テ、下走《おりはしり》テ逃テ去《さり》ニケリ。」

とあるだけである。

『今昔物語集』では盗人の話に終始しているが、『羅生門』は、四、五日前に暇を出された下人のどうしようという当てもなく行き暮れた境遇と、餓死するか、盗人になるかを悩む、追いつめられた心情を背景に事件が起こるわけである。ついでながら、『今昔物語集』巻三一の第三一話「大刀《たち》帯陣《はきのぢんに》売魚《うををうる》嫗《おうなの》語《こと》」は蛇を干し魚と称して売る女の話であり、老婆が自己の行為を正当化するために語る挿話として『羅生門』の中に取り入れられているにすぎない。

この作品において芥川が語ろうとした主題は、世俗的な道徳ないし倫理の相対性である、と私は考える。欲望は状況によって支配される、と言いかえてもよいかも知れない。だから、老婆の着物を剝ぎ取って逃げ去るのは四、五日前に職を失った下人であって、盗人ではない。彼は、餓死するか、盗みをするか、の選択を迫られて、盗みもやむを得ない、と選択したまでのことである。ここで、下人は盗人になったわけではない。明日、何かの伝手があって職を得ることができれば、盗みを働くことは止めるだろう。だから、下人の明日の運命も知らなければ、どう生きてゆくかも分からない、と芥川は語っているのだと考える。それが雑誌にはじめて発表した時から、『鼻』に再収録するまでの間に芥川が考え直した結果の推敲であった。この推敲によって、羅生門の楼上に登るときの、餓死を選ぶか、盗みを選ぶか、という選択の迷いと末尾とがはじめて整合性をもつことになった。

関口安義『芥川龍之介』は次のようにいう。

「〈饑死か盗人か〉のためらいは、いまはっきりと〈盗人〉という選択がされる。彼が羅生門の楼の下で盗人になる〈勇気〉をもつことができなかったのは、世の倫理に縛られていたからである。少なくとも四、五日前までは、彼は働く場をもち、ごく普通の生活をしていたにちがいない。他者との正常の交わりもあったろう。それが京都の町の「衰微の小さな余波」によって、勤め先を解雇され、〈饑死か盗人か〉の危機に立たされたのである。生きるためにいかにすべきかの迷いが彼にはあった。

羅生門楼上での老婆との出会いという一つの事件は、彼の迷いに解決を与えた。他者と自己への反逆、謀叛なくしては、生きて行けない。生きることは謀叛であることを彼は悟る。かくて若者は自身を抑圧している一切の束縛をかなぐりすて、「己が引剝をしようと恨むまいな。己もさうしなければ、饑死をする体なのだ」という叫びをあげて老婆を蹴倒す。それは新しい〈勇気〉の獲得であった。」

関口は、こう述べた上で、「芥川の失恋事件という現実が、虚構の世界に転位されているという見方が浮上する。」「「羅生門」は虚構の世界に、束縛からの自己解放の願いを託したものであったと言えよう」と記し、さらに、末尾が「下人の行方は、誰も知らない」と訂正されたことで、「下人のゆくえは、読者一人ひとりの〈読み〉にゆだねられることになった」と言い、「語り手は、この若き野生児に、自己解放の喜びを託した」と書いている。

しかし、芥川は世俗の倫理ないし道徳を否定したわけではない。たんにその相対性を主題にした、あるいは欲望が状況に支配されることを主題としたと考えるべきであろう。だから、『羅生門』の「下人」を「若き野生児」などと読むことはできない。こうした見解に私は同意できない。

三好行雄『芥川龍之介論』は以下のように説いている。

「こうしなければ餓死をするから、仕方なしにするのだ。老婆の論理は明快で、素朴である。しかし、その明快さは下人になにも教えない。おなじ論理を、かれは認識の内部にすでに育てていた。また、老婆は確かに、下人の惑いをつきぬけた存在である。だからといって、観念を実践する彼女の行為だけが、下人に行動の可能性をひらいたのではない。なぜなら、下人のたゆたいは、かれの臆病に起因するのではない。下人に真に必要だったのは〈許す可らざる悪〉を許すための新しい認識の世界、超越的な倫理をさらに超えるための論理にほかならぬ。下人と老婆の遭遇は認識と認識の出会いなのである。」

三好行雄はさらに「主人の死体を冒瀆した「今昔」の老婆は、許しとあわれみを乞うよりしかたなかった。しかし、龍之介のメフィストフェレスは〈助け給へ〉と哀願するかわりに、わたしは許されていると主張する」という。しかし、私は『羅生門』の老婆が「許し」を求めているとは考えない。老婆は自己の行為の正当性を主張し、訴えているのである。そこで、下人も老婆の着物を奪うことを正当化できる論理を教えられるわけである。

『今昔物語集』では、盗人は羅生門を訪ねる以前から盗人であった。盗人が羅生門でまた盗みを働いて立ち去るというだけのことである。しかし、『羅生門』の下人は悩み、躊躇し、いかに生きるか、迷っている平凡な人間である。彼が老婆の着物を剝ぎ奪ったところで、当座しのぎにすぎない。その後はどうなるか、誰も知らない。『羅生門』が語っているのは認識の問題ではない。世俗の道徳ないし倫理の問題である。下人が獲得したのは倫理ないし道徳の相対性にすぎない。明日の下人の行方が知れないのは、彼の明日の境遇が分からないからであって、明日になれば、彼はその境遇にふさわしい道徳ないし倫理にしたがって行動するかもしれない。

『羅生門』は私たちがいかに生きるべきかについて省察をうながす。私たちの生活を律する道徳ないし倫理はどれほど私たちを束縛できるのか、欲望は状況によって支配されるのではないか、そういう問いを若い芥川はここで提出した、と私は考えている。

2

芥川龍之介は一九一六（大正五）年二月発行の第四次『新思潮』創刊号に『鼻』を発表した。いわゆる王朝物の第二作である。夏目漱石に絶賛されて、芥川の出世作となったことはひろく知られている。

まず、その筋を読み返しておきたい。池の尾の禅智《ぜんち》内供《ないぐ》は、「長さは五六寸あつて、上唇の上から顋《あご》の下まで下つてゐる」長い鼻を苦にしていた。「内供が鼻を持てあました理由は二つある。――一つは実際的に、鼻の長いのが不便だつたからである。第一飯を食ふ時にも独りでは食へない。独りで食へば、鼻の先が鋺《かなまり》の中の飯へとゞいてしまふ。そこで内供は弟子の一人を膳《ぜん》の向うへ坐らせて、飯を食ふ間中、広さ一寸長さ二尺ばかりの板で、鼻を持上げてゐて貰ふ事にした。しかしかうして飯を食ふと云ふ事は、持上げてゐる弟子にとつても、持上げられてゐる内供にとつても、決して容易な事ではない。一度この弟子の代りをした中童子《ちゅうどうじ》が、嚏《くさみ》をした拍子に手がふるへて、鼻を粥の中へ落した話は、当時京都まで喧伝《けんでん》された。――けれどもこれは内供にとつて、決して鼻を苦に病んだ重《おも》な理由ではない。内供は実にこの鼻によつて傷けられる自尊心の為に苦しんだのである。」

「第一に内供の考へたのは、この長い鼻を実際以上に短く見せる方法」であったが、「自分でも満足する程、鼻が短く見えた事は、是までに唯の一度もない。」「それから又内供は、絶えず人の鼻を気にしてゐた。（中略）内供は人を見ずに、唯、鼻を見た。――しかし鍵鼻《かぎばな》はあつても、内供のやうな鼻は一つも見当らない。その見当らない事が度重なるに従つて、内供の心は次第に又不快になつた。内供が人と話しながら、思はずぶらりと下つてゐる鼻の先をつまんで見て、年甲斐もなく顔を赤らめたのは、全くこの不快に動かされての所為《しょゐ》である。」

内供は、京へ上った弟子が震旦から渡ってきた医者に教えられた長い鼻を短くする方法を採ることにした。それは「唯、湯で鼻を茹《ゆ》でゝ、その鼻を人に踏ませると云ふ、極めて簡単な」方法であった。内供は、勧められたとおり、湯で茹でた鼻を弟子に踏ませて、鼻が短くなる。しかし、話はここで終わらない。

「所が二三日たつ中に、内供は意外な事実を発見した。それは折から、用事があつて、池の尾の寺を訪れた侍が、前よりも一層可笑しさうな顔をして、話も碌々せずに、ぢろぢろ内供の鼻ばかり眺めてゐた事である。それのみならず、嘗、内供の鼻を粥の中へ落した事のある中童子なぞは、講堂の外で内供と行きちがつた時に、始めは、下を向いて可笑《をか》しさをこらへてゐたが、とうとうこらへ兼ねたと見えて、一度にふつと吹き出してしまつた。用を云ひつかつた下法師《しもはふし》たちが、面と向つてゐる間だけは、慎んで聞いてゐても、内供が後さへ向けば、すぐにくすくす笑ひ出したのは、一度や二度の事ではない。

内供は始、之を自分の顔がはりがしたせいだと解釈した。しかしどうもこの解釈だけでは十分に説明がつかないやうである。――勿論、中童子や下法師が哂ふ原因は、そこにあるのにちがひない。けれども同じ哂ふにしても、鼻の長かつた昔とは、哂ふのにどことなく容子《ようす》がちがふ。見慣れた長い鼻より、見慣れない短い鼻の方が滑稽に見えると云へば、それまでである。が、そこにはまだ何かあるらしい。」

内供は「鼻の長かつた四五日前の事を憶《おも》ひ出して、「今はむげにいやしくなりさがれる人の、さかえたる昔をしのぶがごとく」ふさぎこんでしまふのである。」理由が分からないまま、「内供は日毎に機嫌が悪くなつた。」その挙げ句、内供は「鼻の短くなつたのが反て恨めしくなつた。すると或夜の事である。日が暮れてから急に風が出たと見えて、塔の風鐸《ふうたく》の鳴る音が、うるさい程枕に通つて来た。その上、寒さもめつきり加はつたので、老年の内供は寝つかうとしても寝つかれない。そこで床の中でまじまじしてゐると、ふと鼻が何時になく、むづ痒いのに気がついた。手をあてて見ると少し水気《すゐき》が来たやうにむくんでゐる。どうやらそこだけ、熱さへもあるらしい。」

「翌朝、内供が何時ものやうに早く眼をさまして見ると、寺内の銀杏《いてふ》や橡《とち》が一晩の中に葉を落したので、庭は黄金《きん》を敷いたやうに明い。塔の屋根には霜が下りてゐるせいであらう。まだうすい朝日に、九輪がまばゆく光つてゐる。禅智内供は、蔀《しとみ》を上げた椽に立つて、深く息をすひこんだ。

殆、忘れようとしてゐた或感覚が、再内供に帰つて来たのはこの時である。

内供は慌《あは》てゝ鼻へ手をやつた。手にさはるものは、昨夜《ゆふべ》の短い鼻ではない。上唇の上から顋《あご》の下まで、五六寸あまりもぶら下つてゐる、昔の長い鼻である。内供は鼻が一夜の中に、又元の通り長くなつたのを知つた。さうしてそれと同時に、鼻の短くなつた時と同じやうな、はればれした心もちが、どこからともなく帰つて来るのを感じた。
――かうなれば、もう誰も哂ふものはないにちがひない。
内供は心の中でかう自分に囁いた。長い鼻をあけ方の秋風にぶらつかせながら。」

『鼻』の典拠となったのは『今昔物語集』巻二八の第二〇話「池尾禅珍内供鼻語《いけのをのぜんちんないくのはなのこと》」と『宇治拾遺物語』上巻の第二五話「鼻長僧事《はなながきそうのこと》」であり、馬淵一夫の「『今昔物語集』と芥川竜之介」と題する調査報告に、芥川が材料としたのは主として『今昔物語集』であるとされている旨、全集の注解に記されている。

『今昔物語集』に収められた話も『宇治拾遺物語』に収められている話も、いずれも殆ど同じであり、この話が『鼻』の創作の動機となったことは間違いないが、芥川の『鼻』はその主題において『今昔物語集』『宇治拾遺物語』に収められている話とは大いに異なっている。『今昔物語集』『宇治拾遺物語』所収の話は、『鼻』でいえば、内供が飯を食う間中、板で鼻を持上げてもらうことにしたが、ある時、手慣れた弟子の代りをした中童子が、くしゃみをした拍子に手が震えて、鼻を粥の中へ落したという挿話までである。また、『今昔物語集』『宇治拾遺物語』所収の話では、短くなった鼻も二、三日で元の長い鼻に戻ってしまったと語られている。いわば、内供が長い鼻を苦にしていた心理が『今昔物語集』等では語られていない。だから、内供の長い鼻が短くなったからといって哂う者もいない。それ故、哂われることを内供が気にすることも語られていないし、元の長い鼻に戻って心の安らぐ内供も語られているわけではない。いわば、『今昔物語集』には第三者はいないし、第三者に対する内供の見栄ないし虚栄心も語られていない。

この小説の作者は、抽象的にいえば、外貌の変化に対する第三者の反応としての嘲笑、その反応としての内供の内心の苦悩を描こうとしたのであった。作中、作者は第三者の反応を次のように分析している。

「人間の心には互に矛盾した二つの感情がある。勿論、誰でも他人の不幸に同情しない者はない。所がその人がその不幸を、どうにかして切りぬける事が出来ると、今度はこっちで何となく物足りないやうな心もちがする。少し誇張して云へば、もう一度その人を、同じ不幸に陥れて見たいやうな気にさへなる。さうして何時の間にか、消極的ではあるが、或敵意をその人に対して抱くやうな事になる。——内供が、理由を知らないながらも、何となく不快に思つたのは、池の尾の僧俗の態度に、この傍観者の利己主義をそれとなく感づいたからに外ならない。」

芥川が新たに付け加えたのは、私たちが他人の不幸を喜ぶ習性、不幸であってほしいと願う習性をもっている、という、第三者の眼であり、傍観者の利己主義である。

内供についていえば、鼻が長くても、短くなっても、哂われることを不快に感じる、彼の愚かさであり、おそらくすべての人間がもつ、外貌を気にすることの愚かさであろう。それは虚栄心といってよい。しかも、虚栄心はつねにはかない。虚栄心による欲望は満たされることはない。かえって元に戻りたくなるのが人間の身勝手な虚栄心である。『鼻』は人間の虚栄心のはかなさ、人間の身勝手さ、禅智内供の愚かさを、もっと一般化していえば、欲望の空しさを嘲笑し、諧謔的に表現した作品である。欲望が状況に支配されるという意味では、『鼻』は『羅生門』と共通した主題を追求しているということができるであろう。

『今昔物語集』では、すでに記したとおり、禅智内供の長い鼻に対する他人ないし傍観者の嘲笑は語られていない。それ故、第三者の眼を気にかける、内供の自尊心の悩みも語られていない。『今昔物語集』から、内供の心理を抉り出し、他人の冷ややかな眼差しを描き、そのために傷つく内供の心に立ち入ったことに、芥川の発見があり、これは、欲望のはかなさ、欲望が状況によって支配されることを主題としている点で『羅生門』と共通していても、池の尾の禅智内供という高僧の鼻を素材にして、私たち人間一般が容貌を気遣う愚かさを諧謔をまじえて具象化し、傍観者の利己主義まで観察したことに、『羅生門』からの発展がある。

関口安義『芥川龍之介』は『鼻』について、「他人の目を絶えず気にする小心な五十男を開き直らせ、現実の中で精いっぱい生き抜く方向を指示しているのである」と言い、「ここに失恋事件によって知らされた自己の意志の弱さを克服し、周囲を気にせず、きっぱりと生きようとする芥川龍之介の思いが顔をのぞかせている。言うならば〈他人の目からの解放〉である」と書いている。このような関口の解釈に私は同意できない。禅智内供は決して他人の目から解放されたわけではない。小心な五十男が開き直ったわけではない。与えられた外貌をあるがままに受け入れることが安心をもたらすことを発見したにとどまる。『鼻』で芥川が提起した問題は、関口の言うような如何に生きるかを内供が悟ったという結論にあるわけではない。その変貌に対する第三者ないし傍観者の冷たい視線であり、そういう視線をうける内供の内心の動揺である。くりかえしていえば、ここで、芥川は欲望のはかなさ、欲望が状況によって支配されるはかなさを描いたのである。

付記しておけば、芥川の『鼻』とゴーゴリの『鼻』との暗示的な関係を堀辰雄が指摘しているけれども、ゴーゴリの『鼻』は、次のような話である。ある朝、理髪師のイワン・ヤーコヴレヴィチが朝食の中に固いものがあるので、とりだしてみると鼻であった。彼はその鼻が八等官コワリョーフのものであることが分かっていた。その朝、コワリョーフは自分の鼻がなくなってつるつるになっているのに気づいた。若干の経緯があって、鼻が戻ってくるが、医師は鼻を元のように付けることはできない、見せ物にでもしたらいい、という。やがて、イワン・ヤーコヴレヴィチが現れて、顔に元通りに鼻を付けてくれる。私には似ても似つかぬ話としか思われない。

3

一九一六（大正五）年九月刊の『新小説』に発表された『芋粥』は、典拠となった『今昔物語集』巻二六の第一七話「利仁《としひとの》将軍《しやうぐん》若《わかき》時《とき》、従京《きやうより》敦賀《つるがに》将行五位《ごゐをゐてゆく》語《こと》」と『宇治拾遺物語』上巻の第一八話「利仁《としひと》、暑預《いも》粥事《がゆのこと》」と本質的に同じ筋書きの作品である。異常な執着をもって、飽きるほど芋粥を食べてみたいと思っていた五位が、京都からはるばる敦賀まで連れてゆかれ、二、三千本の山芋を何十人かの若い男女が釜で粥に作ったのを見ただけで、口をつけないうちから満腹を感じてしまう。五位が食べない芋粥を狐が食べている。

「五位は、芋粥を飲んでゐる狐を眺めながら、此処へ来ない前の彼自身を、なつかしく、心の中でふり返つた。それは、多くの侍たちに愚弄《ぐろう》されてゐる彼である。京童《きやうわらべ》にさへ「何ぢや。この鼻赤めが」と、罵《のゝし》られてゐる彼である。色のさめた水干に、指貫をつけて、飼主のない尨犬のやうに、朱雀大路をうろついて歩く、憐む可き、孤独な彼である。しかし、同時に又、芋粥に飽きたいと云ふ欲望を、唯一人大事に守つてゐた、幸福な彼である。

——彼は、この上芋粥を飲まずにすむと云ふ安心と共に、満面の汗が次第に、鼻の先から、乾いてゆくのを感じた。晴れてはゐても、敦賀の朝は、身にしみるやうに、風が寒い。五位は慌《あは》てゝ、鼻をおさへると同時に、銀《しろがね》の提に向つて大きな嚔《くさめ》をした。」

ここで描かれているのも欲望のはかなさである。欲望が状況によって支配されるむなしさである。欲望がかなえられることとなって、欲望のむなしさを知る話である。

宇野浩二は『芥川龍之介』のなかで、一九一八（大正七）年一月一日の『東京日日新聞』に掲載された「「昔」――僕は斯う見る――」という芥川の談話を記者が筆記した文章を次のとおり引用している。

「今僕が或るテエマを捉へてそれを小説に書くとする。さうしてそのテエマを芸術的に最も力づよく表現する為には、或る異常な事件が必要になるとする。その場合、その異常な事件なるものは、異常なだけそれだけ、今日この日本に起つた事としては書きこなしにくい、もし強ひて書けば、多くの場合不自然な感を読者に起させて、その結果せつかくのテエマを犬死《いぬじに》をさせる事になつてしまふ。ところで此の困難を除く手段には、昔か（未来は稀であらう）日本以外の土地か或ひは昔日本以外の土地から起つた事とするより外はない。」

宇野浩二はこの発言について、こう書いている。

「しかし、これは、強弁である、虚勢である、後からしひてつけた理窟である。しかし、また、『今昔物語』、『宇治拾遺物語』、『十訓抄』、『聊斎志異』、その他の中から、一つの話をより出して、『羅生門』、『鼻』、『芋粥』、その他のやうな、物語風の短篇は、何といっても、芥川の独創である。『鼻』も、『芋粥』も、『今昔物語』にも、『宇治拾遺物語』にも、出てゐる、簡単な挿話（あるひは笑話）であるが、あれらをあのやうな短篇に作り出したのは、よしあしは別に、芥川の発明であり、芥川のすぐれた才能の賜物《たまもの》である。さうして、その芥川のたぐひ稀な才能とは、まへに書いた、美辞麗句の文章と、細工のこまかい表現と、(『細工は流流《りうりう》仕上げを御覧《ごらう》じろ』と鼻にかけるやうな細工のこまかい流麗な文章と、)その作品の中の随所にあらはれてゐる、これこそ芥川独得の、皮肉と諷刺と機智である。」

また、宇野浩二は次のようにも書いている。

『今昔物語』の話は、敦賀の豪族の、藤原利仁の豪奢な生活の有様《ありさま》を述べる事を主としてゐるが、芥川の『芋粥』では、五位が、どうかして芋粥を腹一ぱいたべたい、と念願してゐたのが、芋粥のたき方があまりに大《おほ》がかりなのと、その饗応があまり大袈裟《おほげさ》であったので、閉口した、といふ事になつてゐる。が、この『芋粥』の最後の

……晴れてはゐても、敦賀の朝は、身にしみるやうに、風が寒い。五位は慌《あわ》てて、鼻をおさへると同時に、銀《しろがね》の提《ひさげ》に向つて大きな嚔《くさめ》をした。

といふところを読むと、『鼻』も、『芋粥』も同じ手である、と思へば、芥川の才能が、派手ではあるが、あまり底が深くないことがわかる。」

『鼻』と『芋粥』が同じ主題を描いているということは古くから指摘されている。理想

は理想である間だけが尊い、とか、理想や欲望は達せられないことに価値があるので、達せられたときは、理想が理想でなくなってしまい、かえって幻滅を感じるとか、ともに人生に対する幻滅をあらわしたものである、とか、言われてきた。本当にそうなのか。はるばる敦賀まで連れて行かれ、なみなみと海のようにたたえられた恐るべき分量の芋粥を見ただけで五位は辟易し、「始めから芋粥は、一椀も吸ひたくない」のに、かろうじて「銀《しろかね》の提《ひさげ》の一斗ばかりはいるの」を半分、さらに強いられて残りの三分の一ほど飲み干した、もう後は一口も吸いようがなく、しどろもどろに辞退する。そして、すでに引用したとおり、京童にさえ罵られるような、憐れで、孤独だった、しかし「芋粥に飽きたいと云ふ欲望を、唯一人大事に守つてゐた、幸福な彼」自身をなつかしくふりかえる、というだけのことである。これは欲望が達せられたときに欲望が意味ないものになるということであろうか。ここ、敦賀ではもう芋粥は食べられないけれども、京に戻れば、また、飽きるほど芋粥が食べたい男に戻るかもしれないと解することもできるのではないか。そのように解釈すると、先学が指摘しているような意味で『鼻』と主題が同じとはいえない。私が『羅生門』『鼻』で指摘した、欲望が状況によって支配される、ということが主題であるとすれば、この作品も同じ主題の作品であるといえるであろう。しかし、ここには『鼻』に見られたような自尊心の傷つきもないし、第三者ないし傍観者の嘲笑的な眼差しもない。

しかも、『芋粥』のばあいは、『鼻』のばあいと違って、『今昔物語集』所収の話と筋書きにおいて、まったく異なるところがない。狐が一行を途中まで出迎えることから、最後に狐が芋粥を食べることまで、すべて『今昔物語集』をなぞっている。『鼻』は『今昔物語集』から創作の契機を得たといえるけれども、『芋粥』は『今昔物語集』の筋を追っているだけであり、芥川の新たな工夫も発見もない。『芋粥』において、芥川は早くも行き詰まっている。彼は『鼻』を一九一六（大正五）年二月刊行の『新思潮』に発表して以後、同年四月刊行の『新思潮』に『孤独地獄』を、五月刊行の『新思潮』に『父』を、同月刊行の『希望』に『虱』を、六月刊行の『新思潮』に『酒虫』を、八月刊行の『人文』に『野呂松人形』を発表し、九月刊行の『新小説』にこの『芋粥』を発表した。驚くべき多作であり、これらのそれぞれがまったく趣を異にする小説なのだから、芥川龍之介の才能の豊かさに感嘆せざるを得ない。ただ、これだけ濫作すれば、同じ『今昔物語集』から素材をとって、新しい発見、新しい着想をもつことができなかった。この小説の欠点は敦賀までの旅の描写が冗長であり、不必要に多弁なことにあると思われるが、これは『今昔物語集』の説話をそのままなぞっているからである。

『今昔物語集』の話は次のとおり終わる。

「此《かく》テ、五位、一月許有《ひとつきばかりある》ニ、万《よろ》ヅ楽《たのし》キ事無限《かぎりなし》。然《さ》テ上《のぼり》ケルニ、仮《け》・納《をさめ》ノ装束数下調《あまたくだりととの》ヘテ渡シケリ。亦、綾・絹・綿ナド皮子《かはご》数《あまた》ニ入《いれ》テ取《とら》セタリケリ。前《さき》ノ衣直ナドハ然《さら》也。亦、吉《よき》馬ニ鞍置《おき》テ、牛ナド加ヘテ取《とら》セケレバ、皆得《え》、富《とみ》テ上《のぼり》ニケリ。」

『宇治拾遺物語』でも同様の記述がある。それ故、結局、五位は、一月ほど楽しい日を送り、豪奢な頂戴物をして京に戻ったのであり、これが『今昔物語集』『宇治拾遺物語』が伝える趣旨なのだが、いうまでもなく、芥川は『芋粥』でこれらの結末を書いていない。同じく、敦賀への途次の描写は不必要であった。文章は華麗、細心に書かれていることに芥川の才能は見られても、『芋粥』は『鼻』よりもはるかに劣る凡庸な作品と、私は考える。しかも、『鼻』『芋粥』に共通していることは、これらの作品で、芥川が禅智内供や五位を嘲笑、侮蔑し、高みから彼らの愚かさを批判している感があるということである。高みから見ているという意味では『羅生門』の下人に対しても、芥川は同じ視点に立っているといえるであろう。

4

芥川龍之介といえども、かなりの数の失敗作がある。『芋粥』は凡庸とはいえ、失敗作とはいえないが、失敗作の最初が『偸盗』と私は考える。この作品の一部は『今昔物語集』に典拠を求めることができるかもしれないが、作品全体としては典拠は存在しない、と考えるべきであろう。

これは芥川の作品としては長篇として構想された。そういう意味で珍しいし、これが失敗の原因とも考えられる。第一に、登場する人物が多い。女主人公は沙金といい、二十数人の盗賊の首領である。沙金は猪熊の婆の娘で、婆の夫である義父に身を任せているばかりか、関係した公卿や法師の名を自慢らしく話すような、性的に奔放な女性である。この沙金に思いを寄せる兄の太郎は、痘痕《あばた》があり隻眼の不具であり、その弟の次郎に沙金を奪われそうになっている。次郎は生まれついた眉目そのままに、美しい男である。以下、太郎の心の中の独語の一部である。

「その沙金を、己は今、肉親の弟に奪はれようとしてゐる。己が命を賭けて助けてやった、あの次郎に奪はれようとしてゐる。奪はれようとしてゐるのか、或は、もう奪はれてゐるのか、それさへも、はつきりはわからない。沙金の心を疑はなかつた己は、あの女が外の男をひつぱりこむのも、善くない仕事の方便として、許してゐた。それから、養父との関係も、あのお爺が親の威光で、何も知らない中に、誘惑したと思へば、眼をつぶつて、すごせない事はない。が、次郎との仲は、別である。」

「しかも、弟は、誰の眼にも己よりはうつくしい。さう云ふ次郎に、沙金が心を惹かれるのは、元より理の当然である。その上又、次郎の方でも、己にひきくらべて考へれば、到底あの女の誘惑に、勝てようとは思はれない。いや、己は、始終己の醜い顔を恥ぢてゐる。さうして、大抵の情事には、自《おのづか》らひかへ目になつてゐる。それでさへ、沙金には、気違ひのやうに、恋をした。まして、自分の美しさを知つてゐる次郎が、どうして、あの女の見せる媚びを、返さずにゐられよう。」

こうした心理が独白による説明に終わっていることも、この作品の重大な欠陥である。人間関係の心のもつれ、絡み合い、愛憎を、心理の説明で済ましてしまっては、作品としての興趣を呼ばない。

同様に、次郎の心理も説明されている。

「何で自分は、かう苦しまなければ、ならないのであらう。たつた一人の兄は、自分を敵《かたき》のやうに思つてゐる。顔を合せる毎に、こちらから口をきいても、浮かない返事をして、話の腰を折つてしまふ。それも、自分と沙金とが、今のやうな事になつて見れば、無理のない事に相違ない。が、自分は、あの女に会ふ度に、始終兄にすまないと思つてゐる。別して、会つた後のさびしい心もちでは、よく兄がいとしくなつて、人知れない涙をこぼしした。現に、一度なぞは、この儘、兄にも沙金にも別れて、東国へでも下らうとさへ、思つた事がある。さうしたら、兄も自分を憎まなくなるだらうし、自分も沙金を忘れられるだらう。さう思つて、よそながら暇乞《いとまごひ》ひをするつもりで、兄の所へ会ひにゆくと、兄は何時も、そつけなく、自分をあしらつた。さうして、沙金に会ふと、――今度は自分が、折角の決心を忘れてしまふ。が、その度に、自分はどの位、自分自身を責めた事であらう。」

こうした心境が挙止、動作、言動として描写されれば、ずいぶんと奥行きの深い作品となったにちがいない。しかし、このようにたんなる説明に終わってしまっているかぎり、読者に感銘を与えることは難しい。

もう一人、阿濃《あこぎ》という白痴に近い臨月の女性が登場する。子供の父親は誰か分からない。太郎はたまたま猪熊の爺が阿濃に堕胎の薬を無理矢理飲ませようとしている場に通りかかり、たがいに相手を畜生と呼び合うような烈しい口論をする。

肝心の事件は沙金一味の藤判官邸への押し込みなのだが、押し込みに先立って沙金と次郎がこんな会話をする。沙金は藤判官の所の侍に、今夜押し込みに行くことを話したという。「次郎は、まだ落着かない容子で、当惑したらしく、沙金の眼を窺つた」とあって、次の会話が交わされる。

「「余計ぢやないわ。」

沙金は、気味悪く、微笑した。さうして、左の手で、そつと次郎の右の手に、さはりながら、

「あなたの為にしたの。」

「どうして?」

かう云ひながら、次郎の心には、恐しい或ものが感じられた。まさか――

「まだわからない? さう云つて置いて、太郎さんに、馬を盗む事を頼めば――ね。いくら何だつて、一人ぢやかなはないでせう。いえさ、外のものが加勢をしたつて、知れたものだわ。さうすれば、あなたも妾も、いゝぢやないの。」

次郎は、全身に水を浴びせられたやうな心もちがした。

「兄貴を殺す！」

沙金は、扇を弄びながら、素直に頷いた。

「殺しちや悪い？」

「悪いよりも――兄貴を罠《わな》にかけて――」

「ぢやあなた殺せて？」

次郎は、沙金の眼が、野猫のやうに鋭く、自分を見つめてゐるのを感じた。さうして、その眼の中に、恐しい力があつて、それが次第に自分の意志を、痳痺させようとするのを感じた。」

会話はまだ続くが省略する。この会話は、この作品の中で、愛憎の心情に関する具体的な、かなりすぐれた描写といってよい僅かな箇所の一つである。それでも「沙金の眼が、野猫のやうに鋭」いという表現はともかく、「その眼の中に、恐しい力があつて、それが次第に自分の意志を、痳痺させようとする」といった表現は、説明であって、沙金の魔力に引き込まれてゆく次郎の描写としてはかなりに物足りない。

沙金に襲撃を予告されていた藤判官邸では、盗賊たちに充分に備えていた。「次郎は、二人の侍と三頭の犬とを相手にして、血にまみれた太刀を揮《ふる》ひながら、小路を南へ二三町、下るともなく下つて来た。今は沙金の安否を気づかつてゐる余裕もない。侍は衆をたのんで、隙間もなく斬りかける。犬も毛の逆立つた背を聳《そび》やかして、前後を嫌はず、飛びかゝつた」と押し込みの場面ははじまる。次郎の激闘の場面が続く。

「それがどの位続いたか、わからない。が、やがて、上段に太刀をふりかざした侍の一人が、急に半身を後へそらせて、けたゝましい悲鳴をあげたと思ふと、次郎の太刀は、早くもその男の脾腹を斜に、腰のつがひまで斬りこんだのであらう。骨を切る音が鈍く響いて、横に薙《な》いだ太刀の光が、うす暗をやぶつてきらりとする。――と、その太刀が宙におどつて、もう一人の侍の太刀を、丁と下から払つたと見る間に、相手は肘をしたゝか斬られて、矢庭に元来た方へ、敗走した。それを次郎が追ひすがりざまに、斬らうとしたのと、狩犬の一頭が鞠のやうに身をはづませて、彼の手《て》下《もと》へかぶりついたのとが、殆、同時の働きである。彼は、一足後へとびのきながら、ふりかむつた血刀の下に、全身の筋肉が一時に弛むやうな気落ちを感じて、月に黒く逃げてゆく相手の後姿を見送つた。さうしてそれと共に、悪夢から覚めた人のやうな心もちで、今自分のゐる所が、外ならない立本寺の門前だと云ふ事に気がついた。――」

芥川は剣劇場面を描写しても、その力量が尋常でないことが分かるが、それはともかくとして、次郎は悪戦苦闘して、ようやく、立本寺門前に辿りついたのであった。

「これから半刻ばかり以前の事である。藤判官の屋敷を、表から襲つた偸盗の一群は、中門の右左、車宿《やどり》の内外から、思ひもかけず射出した矢に、先胆を破られた。まつさきに進んだ真木島の十郎が、太腿を箆深《のぶか》く射られて、辷《すべ》るやうにどうと倒れる。それを始めとして、瞬く間に二三人、或は顔を破り、或は臂を傷けて、慌しく後を見せた。射手の数は、勿論何人だかわからない。が、染羽白羽の尖り矢は、中には物々しい鏑《かぶら》の音さへ交へて、又一しきり飛んで来る。後に下つてゐた沙金でさへ、遂には黒い水干の袖を斜に、流れ矢に射透された。」

沙金にあらかじめ警告されていた藤判官邸では数十人の侍と数十頭の狩犬で待ち構えていたのだから、盗賊たちの敗色は濃厚である。太郎の行方は分からないままに、「仕方がないわね。ぢや、私たちだけ帰りましょう」という沙金の言葉を次郎が聞き終わらない間に、「盗人たちの何人かゞ、むらむらと備へを乱して、左右へ分れた中から、人と犬とが一つになつて、二人の近くへ迫つて来た。——と思ふと、沙金の手に弓返《ゆがへ》りの音がして、まつさきに進んだ白犬が一頭、たかうすべの矢に腹を縫はれて、苦鳴と共に、横に仆《たふ》れる。」「犬に続いた一人の男は、それにも悸《お》ぢず、太刀をふりかざして、横あひから次郎に斬つてかゝる。」次郎はこの男と戦いながら、「沙金はこの男と腹を合せて、兄のみならず、自分をも殺さうとするのではあるまいか」という疑惑を抱きながらも、相手の太刀の下を脱兎の如くくぐりぬけ、両手に緊く握った太刀を、憤然として、相手の胸に突き刺す。そして狩犬と野犬の群れに追われながら、「兄を殺さうとした自分が、反つて犬に食はれて死ぬ。これより至極な天罰はない」と思い、左の太腿に狩犬の一頭が鋭い牙を立てるのを感じたとき、戛々《かつかつ》たる馬蹄の音を聞く。

ここで場面が変わって、猪熊の老爺が藤判官邸の侍たちに囲まれ、「欺し討ぢや、欺し討を、食はせ居つた。助けてくれ。欺し討ぢや」と叫んでいる。「赤痣の侍は、その後から又、のび上つて、血に染んだ太刀をふりかざした。その時もし、どこからか猿のやうなものが、走つて来て、帷子《かたびら》の裾を月にひるがへしながら、彼等の中へとびこまなかつたとしたならば、猪熊の爺は、既に、あへない最期を遂げてゐたのに相違ない。が、その猿のやうなものは、彼と相手との間を押しへだてると、突嗟に小刀《さすが》を閃かして、相手の乳の下へ刺し通した。さうして、それと共に、相手の横に払つた太刀をあびて、恐しい叫び声を出しながら、焼け火箸でも踏んだやうに、勢よくとび上ると、その儘、向ふの顔へしがみついて、二人一しよにどうと仆れた」とあり、その後、二人の格闘が行われ、その猿のよ

うなものが仰向けにぐたりとなると、月の光にぬれながら、息も絶え絶えに喘ぐ猪熊の老婆の顔が見える。老婆は

「「お爺さん。お爺さん。」と、かすかに、しかもなつかしさうに、自分の夫を呼びかけた。」

とある。

一方、太郎は奪った「栗毛の裸馬に跨つて、血にまみれた太刀を、口に啣《くは》へながら、両の手に手綱をとつて、嵐のやうに通りすぎた。」「彼は、乱れた髪を微風に吹かせながら、馬上に頭をめぐらして、後に罵り騒ぐ人々の群を、誇らかに眺めやつた。それも無理はない。彼は、味方の破れるのを見ると、よしや何物を得なくとも、この馬だけは奪はうと、緊く心に決したのである。」

やがて、太郎は群がる犬の中にただ一人、太刀を振りかざしている次郎を見いだす。太郎の心の中では何ものかが「走れ、走れ」と囁いている。走りさえすれば、「彼のする事を、何時かしなくてはならない事を、犬が代つてしてくれるのである」という囁きを聞きながら、「忽ち又、彼の唇を衝いて、なつかしい語が、溢れて来た。「弟」である。肉親の、忘れる事の出来ない「弟」である。太郎は、緊く手綱を握つた儘、血相を変へて歯噛みを

した」とあり、結局、太郎は次郎を助ける。「兄さん」と「馬上にある事も忘れたやうに、次郎はその時、しかと兄を抱くと、うれしさうに微笑しながら、頬を紺の水干の胸にあてて、はらはらと涙を流した」とある。

深傷を負った猪熊の老爺は、引き上げた後、阿濃の生んだ嬰児を「わしの子ぢや」といって死ぬ。その翌日、沙金の死が発見される。阿濃によれば沙金の死は次のような状況であった。

「その夜、阿濃は、夜更けて、ふと眼をさますと、太郎次郎と云ふ兄弟のものと、沙金とが、何か声高かに争つてゐる。どうしたのかと思つてゐる中に、次郎が、いきなり太刀をぬいて、沙金を斬つた。沙金は助けを呼びながら、逃げやうとすると、今度は太郎が、刃を加へたらしい。それからしばらくは、唯、二人の罵る声と、沙金の苦しむ声とがつゞいたが、やがて女の息がとまると、兄弟は、急に抱きあつて、長い間黙つて、泣いてゐた。阿濃は、これを遣り戸の隙間から、覗いてゐたが、主人を救はなかつたのは、完く抱いて寝てゐる子供に、怪我をさすまいと思つたからである。」

阿濃は、その嬰児の父親は次郎であり、兄弟は「たつしやでゐろよ」といって、一頭の馬に二人で乗って立ち去った、と語るというのが、この『偸盗』という作品のほぼ結末である。

この作品は荒唐無稽である。これは拵え物としか言いようがない。沙金があらかじめ藤判官の侍に計画を知らせるということも莫迦げている。娘を犯された猪熊の老婆が、命を捨てて助けるほどの愛情を老爺に抱いていたことを窺わせるような気配はまったく描かれていない。太郎と次郎が最後に兄弟愛に目覚める美談として終わるのも唐突である。兄弟が沙金を殺すのも、沙金が兄弟の不和の原因だから、ということしか動機としては考えられないが、それは沙金の性的に奔放な性格、生活の結末であるとしても、阿濃の覗き見た以上に詳しく語られなければ、まるで説得力がない。何よりも、この『偸盗』という作品で何を訴えようとしたか、その主題がはっきりしていない。強いて言えば、盗賊たちの強欲の極限を描こうとしたのかも知れない。これに愛欲を絡ませた物語を書こうとしたのかも知れない。欲望は状況によって支配される、ということが『羅生門』以来の主題であったとすれば、『偸盗』では欲望が節度を失い、その極限で、人間を破滅させることを描こうとしたのかも知れない。

主題がどうであれ、主題が読者に訴えるように描かれていないという根本的な欠陥を、この作品はもっている。沙金の生い立ち、人格、性格が描かれていないし、猪熊の老夫婦が老いるまでどのような夫婦関係を過ごしてきたかも、太郎、次郎の兄弟の生い立ちも描かれていない。芥川龍之介も、この時点では、多彩な人間像とそれら多数の人間たちの絡み合い、彼らの怨念と愛憎と情念が醸しだす事件を描ききるほどの力量をもっていなかった。

この作品が失敗作であることは芥川自身が充分承知していた。一九一七（大正六）年三月二九日付の松岡譲宛て書簡において「創作も気のりがしない唯かうやつてボンヤリ生きてゐる丈でそれ丈で可成苦しいやうな気がするそれ丈で生きてゐる義務を果してるやうな気がする「偸盗」なんぞヒドイもんだよ安い絵双紙みたいなもんだ中に臨月の女に堕胎薬をのませようとする所なんぞある人は莫迦げてゐると云ふだらうその外いろんなトンマな嘘がある性格なんぞ支離滅裂だ熱のある時天井の木目が大理石のやうに見えたが今はやっぱり唯木目にしか見えない「偸盗」も書く前と書いた後とではその位の差がある僕の書いたもんぢや一番悪いよ一体僕があまり碌な事の出来る人間ぢやないんだ」と書いたことはよく知られている。

『偸盗』は一九一七（大正六）年四月刊の『中央公論』に「一」から「六」までが発表され、七月刊の同誌に「七」から「九」までが『続偸盗』の題で発表され、生前、単行本に収められなかった。この松岡譲宛て書簡はまだ「九」までの完結を終えていない時期のものだが、同じ松岡譲宛ての四月二六日付書簡は完結後に書いたものであろうか。「偸盗の続篇はね　もつと波瀾重畳だよ　それだけ重畳恐縮してゐる次第だ　始は一日に三四枚づつかいたがしまひには一日に十七枚もかいて我ながら長田幹彦位にはなれると思つたよ何しろ支離滅裂だからこの頃支離滅裂なりに安心しちまつたがね　今月号をよんぢまつた以上は続篇もよんでくれ　僕が羽目をはづすとかう云ふものを書くと云ふ参考位にはなるだらう　とにかくふるはない事夥しいよ」と芥川は書いている。たしかに『偸盗』は終始感銘を受けることのない作品だが、彼のいう「続篇」の乱闘場面から、老婆と老爺の愛情、兄弟愛など、当時の流行作家である長田幹彦にも劣らないような通俗性に富んでいる。このことは芥川にも分かっていた。

しかし、当初の目論見はそうではなかったはずである。芥川は沙金、太郎、次郎、猪熊の老爺、老婆、阿濃といった人物たちを将棋の駒でも動かすように、自在に操って、「偸盗」、すなわち社会の下層にうごめく盗賊たちの生活を語ろうとしたのかもしれない。しかし、これは彼の手に余る難行であった。芥川はそれまで、これほど多数の人間たちが絡み合う小説を書いたことはなかった。特定のエピソードから主題を発見して、短篇小説を創作する技術は身につけていたけれども、芥川の希有の才能をもってしても、このような架空の物語の詳細を詰めて、長篇小説に作り上げることはできなかった。『偸盗』はいわば芥川の手に余る失敗作であった。

5

芥川龍之介は一九一八（大正七）年四月、『中央公論』に『袈裟と盛遠』を発表した。袈裟の夫渡左衛門尉《わたるさゑもんのじょう》を殺そうとする前夜の盛遠の独白を「上」とし、盛遠の計画を知って、夫の身代わりとなって死ぬ覚悟をきめた袈裟の独白を「下」とする、独白だけから成る、特異な構成の作品である。

盛遠は袈裟が渡と縁づかない前、すでに袈裟を愛していた。しかし、その頃の心は、童貞だった彼が袈裟の体を求める不純なものだったのではないか、と盛遠は回想する。その後三年経って、渡辺の橋の供養で袈裟に偶然めぐり遇った後は、およそ半年の間、袈裟と忍び会う機会をつくるためにあらゆる手段を試み、袈裟の体をついに知ったのだが、その時には、袈裟の容色はすっかり衰えていた。皮膚は光沢をうしない、眼のまわりをうす黒く暈《かさ》のようなものが輪どり、頬のまわりや顎の下にも、以前の豊かな肉づきがなくなっていた。それなのに、どうして袈裟を求めたか。袈裟が夫に対して抱いている愛情を誇張して話す虚栄心の嘘を暴露してやりたいという気持ちに動かされたのか。いや、その征服心だけでなく、自分は情欲に支配されていたのではないか。その時、袈裟は自分よりもさらに破廉恥に見えた。「今夜己はその己が愛してゐない女の為に、己が憎んでゐない男を殺さうと云ふのではないか。」渡を殺そうという盛遠の目論見に承知すると返事をした袈裟には「今までに一度も見えなかつた不思議な輝きが眼に宿つてゐる。姦婦――さう云ふ気が、己はすぐにした。と同時に、失望に似た心もちが、急に己の目ろみの恐しさを、己の前へ展げて見せた。その間も、あの女の淫りがましい、凋《しお》れた容色の厭《いや》らしさが、絶えず己を虐《さいな》んでゐた事は、元よりわざわざ云ふ必要もない。もし出来たなら、その時に、己は己の約束をその場で破つてしまひたかつた。さうして、あの不貞な女を、辱しめと云ふ辱しめのどん底まで、つき落してしまひたかつた。」

まだ、盛遠による自らの心理分析は続くが、省略する。「呪《のろ》はしい約束の為に、汚れた上にも汚れた心の上へ、今又人殺しの罪を加へるのだ。」「己はあの女を蔑んでゐる。恐れてゐる。憎んでゐる。しかしそれでも猶、己はあの女を愛してゐるせゐかも知れない。」そこで盛遠は今様を聞く。

げに人間の心こそ、無明《むみやう》の闇も異らね、
ただ煩悩の火と燃えて、消ゆるばかりぞ命《いのち》なる。

袈裟の独白による彼女の心理が「下」で語られる。「三年前の私は、私自身を、この私の美しさを、何よりも亦頼みにしてゐた。三年前と云ふよりも、或はあの日までと云つた方が、もつとほんとうに近いかもしれない。」「雨のふる明け方のやうな寂しさが、ぢつと私の身のまはりを取り囲んでゐるばかり——私はその寂しさに震へながら、死んだも同様なこの体を、とうとうあの人に任《まか》せてしまつた。愛してもゐないあの人に、私を憎んでゐる、私を蔑んでゐる、色好みなあの人に。——私は私の醜さを見せつけられた」

袈裟の心理分析の途中は省略する。

「私が夫の身代りになると云ふ事は、果して夫を愛してゐるからだらうか。いや、いや、私はさう云ふ都合の好い口実の後《うしろ》で、あの人に体を任《ま》かした私の罪の償ひをしようと云ふ気を持つてゐた。自害をする勇気のない私は。少しでも世間の眼に私自身を善く見せたい、さもしい心もちがある私は。けれどもそれはまだ大目にも見られよう。私はもつと卑しかつた。もつと、もつと醜かつた。夫の身代りに立つと云ふ名の下で、私はあの人の憎しみに、あの人の蔑みに、さうしてあの人が私を弄んだ、その邪《よこしま》な情欲に、仇を取らうとしてゐたのではないか。」「ああ、私は生き甲斐がなかつたばかりではない。死に甲斐さへもなかつたのだ。しかしその死甲斐のない死に方でさへ、生きてゐるよりは、どの位望ましいかわからない。」

以下、省略するが、『源平盛衰記』巻第一九の「文覚発心の事附《つけたり》東帰節女の事」に素材を採つた、文覚が発心する契機となった袈裟との物語における二人の心理描写の細やかさ、微妙な陰翳、動揺する情念など、たとえば、『偸盗』における太郎、次郎の独白と比べると、別人の感がある。芥川の作家としての力量を示した作品にちがいない。彼ら二人の情欲が状況によって支配されているという意味では、これまで見てきた多くの作品と共通するし、外に現れる行動と内心との齟齬という点では、初期作品とも共通している。しかし、この作品に描かれた男女の情欲は醒めている。情欲のもつどろどろした生臭さに欠けている。この作品を読み終えて、二人の心理描写の鮮やかさに感心しながらも、綺麗事、作り事という感を否定できない。これは失敗作といえないまでも、秀作にはほど遠いといわねばならない。

6

芥川龍之介は『袈裟と盛遠』の発表に先だって、一九一七（大正六）年一〇月から一一月にかけて『大阪毎日新聞』に『戯作三昧』を連載し、『袈裟と盛遠』発表後、『地獄変』を一九一八（大正七）年五月に『大阪毎日新聞』『東京日日新聞』に連載した。芥川が『鼻』を発表したのは一九一六（大正五）年二月刊行の『新思潮』であった。この間、二年に満たないが、『戯作三昧』と『地獄変』、ことに『地獄変』は芥川の初期作品からの転機となった作品である。『地獄変』は王朝物としても、『偸盗』までの作品からは格段に飛躍を遂げていると私は評価する。『地獄変』について考える前に『戯作三昧』を一瞥しておきたい。

『戯作三昧』は、知られるとおり、『南総里見八犬伝』執筆中の曲亭馬琴を主人公としている。たまたま銭湯に行き、「馬琴なんぞの書くものは、みんなありや焼直しでげす。早い話が八犬伝は、手もなく水滸伝の引写しぢやげえせんか」、「馬琴の書くものは、ほんの筆先一点張りでげす。まるで腹には、何にもありやせん」といった悪口を聞く。芥川はこう書いている。

「馬琴の経験によると、自分の読本の悪評を聞くと云ふ事は、単に不快であるばかりでなく、危険も亦少くない。と云ふのは、その悪評を是認する為に、勇気が沮喪《そさう》すると云ふ意味ではなく、それを否認する為に、その後の創作的動機に、反動的なものが加はると云ふ意味である。さうしてさう云ふ不純な動機から出発する結果、屢々畸形な芸術を創造する惧《おそれ》があると云ふ意味である。時好に投ずる事のみを目的としてゐる作者は別として、少しでも気魄のある作者なら、この危険には存外陥り易い。」

この馬琴の述懐は芥川自身の述懐とみてよいであろう。

馬琴が銭湯から帰宅すると出版書肆和泉屋市兵衛が来訪している。市兵衛が為永春水らを話題にする。「馬琴は不快を感じると共に、脅《おびやか》されるやうな心もちになつた。彼の筆の早さを春水や種彦のそれと比較されると云ふ事は、自尊心の旺盛な彼にとつて、勿論好ましい事ではない。しかも彼は遅筆の方である。」

芥川は後に見るとおり、決して遅筆ではなかったが、その点を除けば、ここに描かれた馬琴の心情は芥川の文壇という競技場裏における矜持と焦燥の感情の表現とみてよい。やがて、渡辺崋山が訪ねてくる。馬琴は『八犬伝』と討死するつもりだと崋山に語り、崋山は自分の絵も同じだと答える。

この作品の末尾で、夜更け、馬琴は『八犬伝』を書き続けている。

「始め筆を下した時、彼の頭の中には、かすかな光のやうなものが動いてゐた。が、十行二十行と、筆が進むのに従つて、その光のやうなものは、次第に大きさを増して来る。経験上、その何であるかを知つてゐた馬琴は、注意に注意をして、筆を運んで行つた。神来の興は火と少しも変りがない。起す事を知らなければ、一度燃えても、すぐに又消えてしまふ。……」

「頭の中の流は、丁度空を走る銀河のやうに、滾々《こんこん》として何処からか溢れて来る。彼はその凄じい勢を恐れながら、自分の肉体の力が万一それに耐へられなくなる場合を気づかつた。さうして、緊く筆を握りながら、何度もかう自分に呼びかけた。

「根《こん》かぎり書きつづけろ。今己が書いてゐる事は、今でなければ書けない事かも知れないぞ。」

しかし光の靄に似た流は、少しもその速力を緩めない。反《かへ》つて目まぐるしい飛躍の中に、あらゆるものを溺《おぼ》らせながら、澎湃《はうはい》として彼を襲つて来る。彼は遂に全くその虜《とりこ》になつた。さうして一切を忘れながら、その流の方向に、嵐のやうな勢で筆を駆つた。

この時彼の王者のやうな眼に映つてゐたものは、利害でもなければ、愛憎でもない。まして毀誉に煩はされる心などは、とうに眼底を払つて消えてしまつた。あるのは、唯不可思議な悦びである。或は恍惚たる悲壮の感激である。この感激を知らないものに、どうして戯作三昧の心境が味到されよう。どうして戯作者の厳《おごそ》かな魂が理解されよう。ここにこそ「人生」は、あらゆるその残滓《ざんし》を洗つて、まるで新しい鉱石のやうに、美しく作者の前に、輝いてゐるではないか。……」

創作意欲に憑かれた作者の高揚した心情をこれほど見事に描き出した描写を他に見いだすことは難しいであろう。まさにここには芥川龍之介が存在する。もしそれが間違いならば、芥川龍之介がこうありたいと切望した心情がここに語られている。銭湯の心ない庶民の悪口も和泉屋市兵衛の語る文壇の噂も、もう作者の心を乱すことはない。まさに芸術の鬼と化した芥川が、あるいは芸術の鬼と化そうとしている芥川が、自己を曲亭馬琴に仮託している。この時、芥川はまだ二十六歳にすぎなかった。

私は、この『戯作三昧』で芸術家の生の在り方を描いたことが、彼の王朝小説に変化をもたらし、『地獄変』の作となったと考える。

『地獄変』は芥川が大阪毎日新聞社の社友となり、毎月五〇円の給与を受けることになって最初に発表した作品である。それだけに期待に応えられるような作品を提供しようと心がけたにちがいない。そして、『地獄変』はまさに周囲の期待に充分に応えた秀逸な作品であった。これは芥川のいわゆる王朝物の一であり、『宇治拾遺物語』上巻第三八の「絵《え》仏師《ぶつし》良秀《りやうしう》、家《いへ》ノ焼《やくる》ヲ見《み》テ悦《よろこぶ》事《こと》」、『十訓抄』中巻六ノ三五（「良秀の「よじり不動」」）、『古今著聞集』巻第一一画図第一六の「巨勢弘高地獄変の屏風を画く事并びに千体不動尊を画きて供養の事」などを典拠としているといわれるが、これらから発想したとしても、物語としては、これらの古典に拠るところはごく少ない。『宇治拾遺物語』も『十訓抄』も、絵師良秀の隣家が火事になり、自家に燃え移っても頷きながら見物し、今まで不動尊が火焔に包まれるのをうまく描けなかったが、描けるようになった、というだけのことである。『古今著聞集』は巨勢弘高という絵師が地獄変を魂が入ったように描けたのを、おそらく自分の運命が尽きたからであろうといって、間もなく死んだ、というだけのことで、この芥川の『地獄変』がこれらに負うところはほとんど無いといってよい。『芋粥』が『今昔物語集』の説話をそっくりなぞっているのとは大いに異なる。

この作品の主人公である絵師良秀は立居振舞が猿のようだということから猿秀と綽名されている。それだけでなく、「吝嗇《りんしよく》で、慳貪《けんどん》で、恥知らずで、怠けもので、強欲で――いやその中でも取分け甚しいのは、横柄で高慢で、何時も本朝第一の絵師と申す事を、鼻の先へぶら下げ」、「世間の習慣《ならはし》や慣例《しきたり》とか申すやうなものまで、すべて莫迦《ばか》に致さずには置かない」ので、「見た所が卑しかつたばかりでなく、もつと人に嫌がられる癖があつたのでございますから、それも全く自業自得とでもなすより外に、致し方はございません」という。

彼の娘は十五歳、「生みの親には似もつかない、愛嬌のある娘《こ》」であり、早く母親と死別、「思ひやりの深い、年よりはませた、悧巧な生れつきで、年の若いのにも似ず、何かとよく気がつく」性格であった。「堀川の大殿様」といわれる豪放な貴族の権力者の邸に仕え、「御台様《みだいさま》を始め外の女房たちにも、可愛がられて居た」。また、この娘だけは良秀も「気違ひのやうに可愛がつてゐた」ので、これだけが彼の人間らしい、情愛のある面であった。

「大殿様が御冗談に、「その方は兎角醜いものが好きと見える。」と仰有つた時も、あの年に似ず赤い唇でにやりと気味悪く笑ひながら、「さやうでござりまする。かいなでの絵師には総じて醜いもの丶美しさなどと申す事は、わからう筈がございませぬ。」と、横柄に御答へ申し上げました。如何に本朝第一の絵師に致せ、よくも大殿様の御前へ出て、そのやうな高言が吐けたものでございます。」

そこで良秀の「地獄変」の絵について語られる。

「同じ地獄変と申しましても、良秀の描きましたのは、外の絵師のに比べますと、第一図取りから似て居りません。それは一帖の屏風の片隅へ、小さく十王を始め眷属《けんぞく》たちの姿を描いて、あとは一面に紅蓮《ぐれん》大紅蓮《だいぐれん》の猛火が剣山刀樹も爛《ただ》れるかと思ふ程渦を巻いて居りました。でございますから、唐《から》めいた冥官《めうくわん》たちの衣裳が、点々と黄や藍を綴つて居ります外は、どこを見ても烈々とした火焔の色で、その中をまるで卍のやうに、墨を飛ばした黒煙と金粉を煽つた火の粉とが、舞ひ狂つて居るのでございます。

こればかりでも、随分人の目を驚かす筆勢でございますが、その上に又、業火《ごふくわ》に焼かれて、転々と苦しんで居ります罪人も、殆ど一人として通例の地獄絵にあるものはございません。何故《なぜ》かと申しますと良秀は、この多くの罪人の中に、上は月卿雲客《げつけいうんかく》から下は乞食非人まで、あらゆる身分の人間を写して来たからでございます。」

いわば、良秀の画法は写実主義であった。そのために、鎖に縛られた人間を見たいといって弟子の両腕をねじあげ鉄の鎖で縛って横倒しにしたり、弟子に耳木兎を飛びかからせて襲わせたりし、弟子が逃げ回るのを良秀が冷然と眺めている、といった行状を重ねて、地獄変を描いていたが、「あらましは出来上りましたが、唯一つ、今以て私には描けぬ所がございまする」と大殿様に言う。「私は総じて、見たものでなければ描けませぬ。よし描けても、得心が参りませぬ」と言い、「屏風の唯中に、檳榔毛《びらうげ》の車が一輛空から落ちて来る所を描かうと思つて居りまする」と言う。さらに、良秀は言う。

「その車の中には、一人のあでやかな上臈が、猛火の中に黒髪を乱しながら、悶え苦しんでゐるのでございまする。頭は煙に烟《むせ》びながら、眉を顰《ひそ》めて、空ざまに車蓋《やかた》を仰いで居りませう。手は下簾《したすだれ》を引きちぎつて、振りかゝる火の粉の雨を防がうとしてゐるかも知れませぬ。さうしてそのまはりには、怪しげな鷙鳥が十羽となく、二十羽となく、嘴を鳴らして紛々と飛び繞つてゐるのでございまする。――あゝ、それが、その牛車の中の上臈が、どうしても私には描けませぬ。」

大殿様は良秀に告げる。

「檳榔毛の車にも火をかけよう。又その中にはあでやかな女を一人、上臈の装《よそほひ》をさせて乗せて遣はさう。炎と黒煙とに攻められて、車の中の女が、悶え死をする――それを描かうと思ひついたのは、流石に天下第一の絵師ぢや。褒めてとらす。おゝ、褒めてとらすぞ。」

その二、三日後の夜、良秀の望みが叶えられる。しかし、檳榔毛の車に乗っていたのは良秀の娘であった。良秀は火焔に包まれて愛する娘が悶え死ぬのを見届け、その一月後、地獄変の屏風を仕上げて大殿様の御覧に供する。

「それ以来あの男を悪く云ふものは、少くとも御邸の中だけでは、殆ど一人もゐなくなりました。誰でもあの屏風を見るものは、如何に日頃良秀を憎く思つてゐるにせよ、不思議に厳《おごそ》かな心もちに打たれて、炎熱地獄の大苦艱《だいくげん》を如実に感じるからでございませうか。

しかしさうなつた時分には、良秀はもうこの世に無い人の数にはいつて居りました。それも屏風の出来上つた次の夜に、自分の部屋の梁《はり》へ縄をかけて、縊《くび》れ死んだのでございます。一人娘を先立てたあの男は、恐らく安閑として生きながらへるのに堪へられなかつたのでございませう。屍骸は今でもあの男の家の跡に埋まつて居ります。尤も小さな標《しるし》の石は、その後何十年かの雨風《あめかぜ》に曝《さら》されて、とうの昔誰の墓とも知れないやうに、苔蒸してゐるにちがひございません。」

『地獄変』はこのように結ばれて終わる。良秀の望みに応じて檳榔毛の車に上臈として良秀の娘を乗せ、猛火に捲かれて娘が悶え死ぬのを良秀に見させる大殿様はじつに残酷であり、その残酷さに耐えて良秀はこの光景を地獄変の絵に描きだす。これは人間の情念として痛々しい物語である。芸術家としての欲望を満たすために愛娘が悶え死ぬのを冷酷に見とどけることに耐えて、良秀は彼の作品を完成させたが、絵の完成した後には、自ら縊れ死ぬより外なかった。写実主義といってよい彼の芸術観を貫徹するためには自らの生を断ちきらなければならなかった。ただ、芸術とはそういう危ういものとしてしか成り立つことができないのだという芥川の思想をこの作品に見なければなるまい。芥川にとって芸術とはまさに、その死を賭して成しとげなければならない、人間的なものであった。そういう意味で『戯作三昧』も『地獄変』も芸術家として生きる辛さ、苦しさを描いた作品であった。『羅生門』以来、私が芥川の王朝小説について認めてきた、欲望は状況によって支配される、という主題からみれば、『地獄変』において、良秀が愛娘の悶え死ぬ情景を凝視することも彼の芸術家としての欲望を叶えることに違いなかったし、娘を犠牲にしたことを自覚して自ら縊れ死ぬことも、彼の欲望の一形態に違いなかった。そういう意味では、『羅生門』以来の主題がここでも変奏されているのだが、『羅生門』の下人、『芋粥』の五位、『偸盗』の盗賊たちは、作者が高みから見下している感があり、『鼻』で禅智内供を揶揄している作者の姿勢にも、同じような感があった。しかし、『戯作三昧』でも『地獄変』でも、『袈裟と盛遠』でも、作者はまったく作中人物を見下していない。この時期に芥川龍之介の作風は決定的に変化している、と私は考える。

7

『地獄変』以後の王朝小説としては『龍』、『往生絵巻』、『好色』、『藪の中』、『六の宮の姫君』がある。これらのどれも、描かれた人物を作者は侮蔑もしていないし、嘲弄もしていない。芥川龍之介の王朝小説は、その初期には作者の学識と知性により面白可笑しく拵えあげた作品といった感が強かったのに対して、これらの作品では、作者は知性を抑制して、素材の趣旨を再現し、あるいは再構成して、素材の本質に迫ることに心を傾けているかに見える。

一九一九（大正八）年五月刊の『中央公論』に発表された『龍』は次のような話である。奈良の蔵人得業恵印《くろうどとくごうえいん》という途方もなく鼻の大きい法師が猿沢の池のほとりに「三月三日この池より龍昇らんずるなり」と筆太に書いた立て札を建てたが、恵印は、実の所、猿沢の池に龍が住んでいるなどと心得ていたわけではなく、口から出まかせの法螺であった。ところが、この立て札が大評判になり、大和はいうまでもなく、摂津、山城、近江、播磨、丹波などの国から何万人と人々が集まってきた。恵印は「可笑しいよりは何となく空恐しい気が先に立つて」「身を隠してゐる罪人のやうな後めたい思ひがして」いた。やがて、三月三日が来た。

「すると恵印がそこへ来てから、やがて半日もすぎた時分、まるで線香の煙のやうな一すぢの雲が中空にたなびいたと思ひますと、見る間にそれが大きくなつて、今までのどかに晴れてゐた空が、俄にうす暗く変りました。その途端に一陣の風がさつと、猿沢の池に落ちて、鏡のやうに見えた水の面に無数の波を描きましたが、さすがに覚悟はしてゐながら慌てまどつた見物が、あれよあれよと申す間もなく、天を傾けてまつ白にどつと雨が降り出したではございませんか。のみならず神鳴も急に凄じく鳴りはためいて、絶えず稲妻が梭《をさ》のやうに飛びちがふのでございます。それが一度鉤の手に群る雲を引つ裂いて、余る勢に池の水を柱の如く捲き起したやうでございましたが、恵印の眼にはその刹那、その水煙と雲との間に、金色《こんじき》の爪を閃かせて一文字に空へ昇つて行く十丈あまりの黒龍が、朦朧として映りました。が、それは瞬く暇で、後は唯風雨の中に、池をめぐつた桜の花がまつ暗な空へ飛ぶのばかり見えたと申す事でございます――度を失つた見物が右往左往に逃げ惑つて、池にも劣らない人波を稲妻の下で打たせた事は、今更別にくだくだしく申し上げるまでもございますまい。（中略）

その日そこに居合せた老若男女は、大抵皆雲の中に黒龍の天へ昇る姿を見たと申す事でございました。

その後恵印は何かの拍子に、実はあの建札は自分の悪戯だつたと申す事を白状してしまひましたが、恵門を始め仲間の法師は一人もその白状をほんたうとは思はなかつたさうでございます。」

この作品の典拠は『宇治拾遺物語』下巻第一三〇話「蔵人得業《くらうどとくごふ》、猿沢池竜事《さるさはのいけのりようのこと》」とされているが、岩波書店刊『新日本古典文学大系』版（一九九〇年）によれば、肝心の龍の昇天の場面は次のとおり書かれている。

「その時になりて、此恵印、思《おも》ふやう、「たゞ事にもあらじ。我したる事なれども、やうのあるにこそ」と思ければ、「此事さもあらんずらん。行て見《み》ん」と思て、頭《かしら》つゝみて行《ゆ》く。大方《かた》、近《ちか》う寄《よ》りつくべきにもあらず。興福寺の南大門の壇の上にのぼりたちて、「今や竜の登る〳〵」と待《ま》ちたれども、何《なに》ののぼらんぞ。日も入ぬ。」

小学館刊『日本古典文学全集』版でも、新潮社刊『新潮日本古典集成』版でも、表現に若干の違いはあっても、龍が昇天した、と記載していないことに変わりはない。

考えてみると、芥川龍之介の『龍』は、嘘から出たまこと、ということをいかにもそのように書いただけにすぎないようにみえる。ただ、続いて彼が書いた『往生絵巻』と併せ読むと、必ずしもそれだけの作品とは言いきれないのではないか。

『往生絵巻』は正宗白鳥が「寸分の間隙《すき》のない傑れた小品」「芸術品としては完璧」と褒めた作品であり、「往生絵巻抔は雑誌に載つた時以来一度も云々されたことはありません」と芥川は一九二四（大正一三）年二月一二日付の感謝の手紙を白鳥に書いている。私には、それほどの作品であるか、疑問に思われるのだが、これが発表されたのは一九二一（大正一〇）年四月刊行の『国粋』であった。妙な法師が来た、と童、鮓売の女、薪売の翁、箔打の男、菜売の媼などが話し合っているところに、五位の入道が「阿弥陀仏よや。おおい。おおい」と叫びながら行く。「老いたる法師」が「御坊は何処へ御行きなさる？」と聞くと、五位の入道は「西へ参る」と答え、その仔細を問われて、「いや、別段仔細なぞはござらぬ。唯一昨日《おととひ》狩の帰りに、或講師の説法を聴聞したと御思ひなされい。その講師の申されるのを聞けば、どのやうな破戒の罪人でも、阿弥陀仏に知遇し奉れば、浄土に往かれると申す事ぢや。身共はその時体中の血が、一度に燃え立つたかと思ふ程、急に阿弥陀仏が恋しうなつた」、講師の胸さきへ刀をつきつけて阿弥陀仏の在処《ありか》を責め聞くと、講師は「苦しさうに眼《まなこ》を吊り上げた儘、西、西と申された」という。「あの講師も阿弥陀仏には、広大無辺の慈悲があると云うた。して見れば身共が大声に、御仏の名前を呼び続けたら、答位はなされぬ事もあるまい。されずば呼び死に、死ぬるまでぢや。幸ひ此処に松の枯木が、二股に枝を伸ばしてゐる。まづこの梢に登るとしようか」と語り、「阿弥陀仏よや。おおい。おおい」と呼び続ける。「老いたる法師」が「あの物狂ひに出会つてから、もう今日は七日目ぢや。何でも生身《しやうじん》の阿弥陀仏に、御眼にかかるなぞと云うてゐたが。その後は何処《いづこ》へ行き居つたか、——おお、この枯木の梢の上に、たつた一人登つてゐるのは、紛れもない法師ぢや。御坊。御坊。……返事をせぬのも不思議はない。何時か息が絶えてゐるわ。餌袋《ゑぶくろ》も持たぬ所を見れば、可哀さうに餓死《うゑし》んだと見える」と呟く。波の音、千鳥の声が聞こえ、「老いたる法師」が、このまま捨てておいては鴉の餌食になろうとも知れぬ、と屍骸を見ると、その口に「まつ白な蓮華《れんげ》」が開いているのを発見し、「物狂ひと思うたのは、尊い上人でゐらせられたのか。それとも知らずに、御無礼を申したのは、反《か》へす反《が》へすもわしの落度ぢや。南無阿弥陀仏」と三度唱えてこの作品は終わる。

芥川は前記の白鳥宛ての手紙で、『今昔物語集』では「阿弥陀仏よやおうい〱と呼ぶと海の中からも是に在りと云ふ声の聞えるのですわたしはヒステリックの尼かならば兎に角逞しい五位の入道は到底現身に仏を拝することはなかつたらうと思ひますから」「この一段だけは省きました」と書いている。『今昔物語集』巻一九の第一四話「讃岐国多度《さぬきのくにのたどの》郡五《こほりのご》位《ゐ》、聞法即出語《ほふをききてすなはちいづること》」には、たしかに「海ノ中ニ微妙《みめう》ノ御音《こゑ》有テ、「此《ここ》ニ有」ト答へ給ヒケレバ」とあり、これを芥川が省いたことは間違いないが、むしろ五位の素性を省いたことの方が重要なのではないか。『今昔物語集』によれば、この者は「心極《きはめ》テ猛《たけ》クシテ、殺生《せつしやう》ヲ以業《もつてわざ》トス。日夜朝暮《てうぼ》ニ、山野《せんや》ニ行テ鹿・鳥ヲ狩リ、河海《かかい》ニ臨《のぞみ》テ魚ヲ捕ル。亦《また》、人ノ頸《くび》ヲ切リ、足手ヲ不折《をら》ヌ日ハ少《すくな》クゾ有ケル」という人物であった。

つまり、仏教的な戒律とはおよそ縁遠い生活をしていた男が突然、狂信的に阿弥陀仏信仰をもつこととなり、ひたすら阿弥陀仏を追い求めて、成仏する、その一途さを描ききったことに正宗白鳥は感銘をうけたのであろう。芥川は『今昔物語集』のこの説話の面白さに惹かれたというよりも、おそらく信仰が、キリスト教でいえば恩寵といわれるような、人間の常識を越えた魂の転機によって生じる不可解さ、もっといえば、私たちを信仰に導く魂の暗黒に惹かれたのではないか。ひたすら阿弥陀仏を呼び求める一途さにこそ信仰の真のかたちがあることに正宗白鳥は共鳴したのかもしれない。それにしても、この短篇には物語としての趣向もないし、工夫もない。もっといえば、この時期の芥川龍之介は超自然的なもの、超越的なものに惹かれていたので、そうした関心が『龍』となり『往生絵巻』となった、とみることもできるのではないか。なお、芥川は『龍』のおおきな鼻の法師も、この狂信的な五位も、侮蔑したり、揶揄したりしていないことが、初期の作品と異なっている。

一九二二（大正一一）年一月刊行の『新潮』に発表された『藪の中』は黒澤明監督の映画『羅生門』の原作として著名になったが、素材として採られた『今昔物語集』巻二九の第二三話「具妻行丹波国男《めをぐしてたんばのくにゆくをとこ》、於大江山被縛語《おほえやまにしてしばらるること》」とはかなりに違っている。『今昔物語集』では、たまたま道連れになった男に縛られ、縛られた男の目の前で連れになった男が妻を犯し、事が終わってから、妻が夫を罵るというだけのことだが、『藪の中』では、知られるように、真相は何か、関係者の言い分がみな異なって、藪の中である、という主題に変わっている。この「藪の中」という言葉の意味は芥川の作品に由来する、と『岩波国語辞典』にあるから、それだけ知られた作品であり、芥川自身はこの作品は好きでないと語っているが、芥川の才気が窺われるばかりでなく、やはり、彼の代表作の一に挙げてよい作品であると考える。芥川の作品に即していえば、まず、盗賊「多襄丸の白状」が語られる。多襄丸によれば、連れになった夫婦を山の中につれこんだ。藪の前で、宝が埋めてあると嘘をいって、男だけを引き込み、いきなり組み伏せて、杉の根がたへ括り付ける。引き返して女に男は急病らしいから、見に来いというと、女がついてきて、男が縛り付けられているのを見て、小刀で切りつけてくる。多襄丸は小刀を打ち落とし、女を手に入れる。女は「あなたが死ぬか夫が死ぬか、どちらか一人死んでくれ、二人の男に恥を見せるのは、死ぬよりもつらい」と言う。そこで、男の縄を解き、太刀打ちをした結果、二十三合目に男の胸を貫いて殺した、その間に女は逃げてしまった、と語る。「清水寺に来れる女の懺悔」では、多襄丸に手ごめにされて夫のもとに行くと、夫の眼に「怒りでもなければ悲しみでもない、――唯わたしを蔑んだ、冷たい光」を見、「もうかうなつた上は、あなたと御一しよには居られません。わたしは一思ひに死ぬ覚悟です。しかし、――しかしあなたもお死になすつて下さい。あなたはわたしの恥を御覧になりました。わたしはこの儘あなた一人、お残し申す訳には参りません」「お命を頂かせて下さい。わたしもすぐにお供します」というと夫が「殺せ」というので、「づぶりと小刀を刺し通しました」と言い、わたしは死に切る力がなかった、と懺悔する。「巫女の口を借りたる死霊の物語」では、妻を手ごめにした盗賊が、一度でも肌身を汚したとなれば、夫との中も折りあうまい、そんな夫に連れ添うより、自分の妻になる気はないか、と妻を口説くと、妻は「では何処へでもつれて行つて下さい」と言い、「あの人を殺して下さい。わたしはあの人が生きてゐては、あなたと一しよにはゐられません」と気が狂ったように叫ぶ。盗賊が殺すとも殺さぬとも返事をしないで、ためらっている間に、妻は藪の奥へ走りだし、盗賊は一箇所だけおれの縄を切り、姿を消した。おれの前には妻が落とした小刀が光っていた。おれはそれを手にとると、一突きにおれの胸へさした、という。

裁判において、特定の情景を見た証人が数人存在するばあい、証言が一致するのが稀であるということは刑事訴訟の常識といってよい。私たちは自分が見たいものしか見えてこない眼をもっている。こうした事実にもとづいて、『藪の中』は一人の男の死をめぐる妻である女性の情念をさまざまな視点から描きだした作品であり、どれが真実であるかを問わず、作者は男には謎めいてしか見えない、女性の情念の諸相を明らかにしたといってよい。女が盗賊に夫を殺させたのか、自ら殺したのか、女が夫を殺せと言うのをきいていた夫が絶望から自身を刺したのか、真相は分からないが、どの状況でも、女は、狡猾であり、非情である。ここにも、初期作品の王朝物に見られたような登場人物に対する嘲笑や侮蔑はない。ここで作者が凝視しているのは人間の本性である。人間の本性は不可解であるということであった。このような人間の本性の不可解さが、芥川の関心を超自然的、超越的なものへ向かわせる契機となったかもしれない。

『好色』は『藪の中』よりも三カ月前、一九二一（大正一〇）年一〇月刊行の『改造』に発表された作品であり、典拠は『今昔物語集』巻三〇の第一話「平定文《たひらのさだふん》、仮借本院侍従《ほんゐんのじじゅうにけさうする》語《こと》」であり、このストーリーを殆どそのまま借用している。主人公平中《へいちゅう》（貞文）は侍従に恋い焦がれている。しかし「侍従はおれを相手にしない。おれももう侍従は思ひ切つた」と思いながら、「いくら思ひ切つても、侍従の姿は幻のやうに、必ず眼前に浮んで来る。」「その姿を忘れるには、――たつた一つしか手段はない。それは何でもあの女の浅間《あさま》しい所を見つける事だ。侍従もまさか天人ではなし、不浄もいろいろ蔵してゐるだらう」と平中は考え、侍従の糞《まり》を手に入れようとする。この中をみれば百年の恋も一瞬の間に、煙よりはかなく消えてしまうだろう、と思って侍従の局の童が持っていた筥《はこ》を奪い、蓋を開ける。

「平中は殆《ほとん》ど気違ひのやうに、とうとう筥の蓋を取つた。筥には薄い香色の水が、たつぷり半分程はひつた中に、これは濃い香色の物が、二つ三つ底へ沈んでゐる。と思ふと夢のやうに、丁字《ちやうじ》の匂が鼻を打つた。これが侍従の糞であらうか? いや、吉祥天女にしても、こんな糞はする筈がない。平中は眉をひそめながら、一番上に浮いてゐた、二寸程の物をつまみ上げた。さうして髭にも触れる位、何度も匂を嗅ぎ直して見た。匂は確かに紛れもない、飛び切りの沈《ちん》の匂である。」

「侍従は何処から推量したか、平中のたくらみを破る為に、香細工の糞をつくつたのである。

「侍従! お前は平中を殺したぞ!」

平中はかう呻《うめ》きながら、ばたりと蒔絵の筥を落した。さうして其処の床の上へ、仏倒しに倒れてしまつた。その半死の瞳の中には、紫摩金《しまごん》の円光にとりまかれた儘、媆然《てんぜん》と彼にほほ笑みかけた侍従の姿を浮べながら。…………」

『今昔物語集』は、平中は病の床につき、悩んで死んだと記し、「極《きはめ》テ益無《やくな》キ事也。男モ女モ、何《い》カニ罪深カリケム。然レバ、女ニハ強《あながち》ニ心ヲ不染《そむ》マジキ也トゾ、世ノ人謗《そしり》ケルトナム語《か》タリ伝ヘタルトヤ」と注して結んでいる。平中は憐れである。これは好色滑稽譚のようにみえるが、人間の愚かさというより、男女の間で避けがたい業に似た恋というものの怖ろしさを描いた作品とみるべきであろう。しかし、この事そのものは『今昔物語集』がすでに教えていたことであり、芥川の創見とはいえない。そういう意味で、必ずしも評価すべき作品とは考えない。ただ、人間の本性の不可解さを描いているという意味では、『藪の中』と相通じる作品とみることが許されるであろう。

8

これまで見てきた『地獄変』以後の作品と比し、私は『六の宮の姫君』がはるかに優れた作品と考える。一九二二（大正一一）年八月刊の『表現』に発表されたこの作品もやはり『今昔物語集』巻一九の第五話「六宮姫君夫出家語《ろくのみやのひめぎみのをうとしゆつけすること》」を典拠としている。話はかなりに単純である。古い宮腹の生まれで昔気質の父に寵愛されて育った姫君は、父母の没後、誰か言い寄る人を待って、つつましい朝夕を送っていた。悲しみも知らず、喜びも知らなかった。忠実な乳母は骨身を惜しまず働き続けたが、伝来の螺鈿《らでん》の手筥や白がねの香炉は、いつか一つずつ失われていった。乳母の口ききで姫君は、不如意な暮らしを扶けるために忍び音に泣きながら男に身を任せることとなり、夜毎に会うようになったが、男は父親が陸奥守に任ぜられたので、陸奥へ下った。六年経ったが、男は帰らなかった。「その間に召使ひは一人残らず、ちりぢりに何処かへ立ち退《の》いてしまふし、姫君の住んでゐた東の対も或年の大風に倒れてしまつた。姫君はそれ以来乳母と一しよに侍の廊《ほそどの》を住居にしてゐた。其処は住居とは云ふものの、手狭でもあれば住み荒してもあり、僅《わづか》に雨露の凌げるだけだつた。」そのころ、「男は遠い常陸《ひたち》の国の屋形に、新しい妻と酒を斟《く》んでゐた。妻は父の目がねにかなつた、この国の守の娘だつた。」「男が京へ帰つたのは、丁度九年目の晩秋だつた。」六の宮の姫君の行方は知れない。男は「姫君を探しに、洛中を方方歩きまはつた。」

「すると何日か後の夕ぐれ、男はむら雨を避ける為に、朱雀門《すじやくもん》の前にある、西の曲殿《きよくでん》の軒下に立つた。其処にはまだ男の外にも、物乞ひらしい法師が一人、やはり雨止みを待ちわびてゐた。雨は丹塗りの門の空に、寂しい音を立て続けた。男は法師を尻目にしながら、苛立《いらだ》たしい思ひを紛らせたさに、あちこち石畳みを歩いてゐた。その内にふと男の耳は、薄暗い窓の櫺子《れんじ》の中に、人のゐるらしいけはひを捉へた。男は殆ど何の気なしに、ちらりと窓を覗いて見た。

窓の中には尼が一人、破れた筵《むしろ》をまとひながら、病人らしい女を介抱してゐた。女は夕ぐれの薄明りにも、無気味な程痩せ枯れてゐるらしかつた。しかしその姫君に違ひない事は、一目見ただけでも十分だつた。男は声をかけようとした。が、浅ましい姫君の姿を見ると、なぜかその声が出せなかつた。姫君は男のゐるのも知らず、破れ筵の上に寝反りを打つと、苦しさうにこんな歌を詠んだ。

「たまくらのすきまの風もさむかりき、身はならはしのものにざりける。」

「ものにざりける」は「ものにずありける」の省略である。「男はこの声を聞いた時、思はず姫君の名前を呼んだ。姫君はさすがに枕を起した。が、男を見るが早いか、何かかすかに叫んだきり、又筵の上に俯臥《うつぶ》してしまつた。尼は、——あの忠実な乳母は、其処へ飛びこんだ男と一しよに、慌てて姫君を抱き起した。しかし抱き起した顔を見ると、乳母は勿論男さへも、一層慌てずにはゐられなかつた。

乳母はまるで気の狂つたやうに、乞食法師のもとへ走り寄つた。さうして臨終の姫君の為に、何なりとも経を読んでくれと云つた。法師は乳母の望み通り、姫君の枕もとへ座を占めた。が、経文を読誦《どくじゆ》する代りに、姫君へかう言葉をかけた。

「往生は人手に出来るものではござらぬ。唯御自身怠らずに、阿弥陀仏《あみだぶつ》の御名《みな》をお唱《とな》へなされ。」

姫君は男に抱かれた儘、細ぼそと仏名《ぶつみよう》を唱へ出した。と思ふと恐しさうに、ぢつと門の天井を見つめた。

「あれ、あそこに火の燃える車が、……」

「そのやうな物にお恐れなさるな。御仏《みほとけ》さへ念ずればよろしうござる。」

法師はやや声を励ました。すると姫君は少時《しばらく》の後、又夢うつつのやうに呟き出した。

「金色《こんじき》の蓮華が見えまする。天蓋のやうに大きい蓮華が、……」

法師は何か云はうとした。が、今度はそれよりさきに、姫君が切れ切れに口を開いた。

「蓮華はもう見えませぬ。跡には唯暗い中に、風ばかり吹いて居りまする。」

「一心に仏名を御唱へなされ。なぜ一心に御唱へなさらぬ？」

法師は殆ど叱るやうに云つた。が、姫君は絶え入りさうに、同じ事を繰り返すばかりだつた。

「何も、——何も見えませぬ。暗い中に風ばかり、——冷たい風ばかり吹いて参ります る。」

男や乳母は涙を呑みながら、口の内に弥陀《みだ》を念じ続けた。法師も勿論合掌した儘、姫君の念仏を扶《たす》けてゐた。さう云ふ声の雨に交る中に、破れ筵を敷いた姫君は、だんだん死に顔に変つて行つた。……………」

この作品の最後は、その何日か後の月夜、朱雀門の前の曲殿に法師が破れ衣の膝を抱えていると、侍が通りかかって「この頃この朱雀門のほとりに、女の泣き声がするさうではないか?」と訊ねる。「突然何処からか女の声が、細ぼそと歎きを送つて来た。侍は太刀に手をかけた。が、声は曲殿の空に、一しきり長い尾を引いた後、だんだん又何処かへ消えて行つた。」法師は「御仏《みほとけ》を念じておやりなされ。——」「あれは極楽も地獄も知らぬ、腑甲斐《ふがひ》ない女の魂でござる。御仏を念じておやりなされ」という。侍は法師に「内記《ないき》の上《しやう》人《にん》ではございませんか?」と聞く。「世に内記の上人と云ふのは、空也上人の弟子の中にも、やん事ない高徳の沙門《しやもん》だつた」と終わっている。

この最終の一節は蛇足のように見える。実際、『今昔物語集』には、内記上人が他界した六の宮の姫君を評して「極楽も地獄も知らぬ、腑甲斐《ふがひ》ない女」と言ったというような挿話はない。ここまで姫君を悲惨な救いのない存在として描いたのは芥川である。だから、姫君を評した「極楽も地獄も知らぬ、腑甲斐《ふがひ》ない女」が、作者の言いたいことであったに違いない。これはじつに残酷な物語である。高貴な素性に生まれついたとはいえ、資産もなく、生活力もない女性が男に捨てられて、乞食同様の境涯に落ち、ただ縋るのは念仏だけの死を迎え、念仏を唱えても、暗い中に吹く風しか見られない。何の救いも見いだすことができない、落魄した女性の死を、男が見とどける話である。甲斐性がないといえば、それまでだが、男の不誠実も現世の現実である。この女性の物語はたんに王朝の出来事ではない。高貴な身分に生まれて落魄しなくても、私たちの周辺にも見捨てられ、頼り、縋る人も場所もなく、孤独死する人々はいくらも存在する。これは現代に通じる現実であり、そういう意味で普遍性を持っている。女主人公を六の宮の姫君としたのは、私たちが救われることなく、孤独に死ぬ運命をもって生きているという事実を強く印象づけるためであったのではないか。『六の宮の姫君』は芥川の王朝小説の中で最高の名作であり、また、彼のリアリズムの極地である、と私は考える。もうここには諧謔もなく、知性による遊びもなく、冷徹に人生を見ている作者がいる。『羅生門』からはるばると芥川は『六の宮の姫君』まで来たのだが、この間、わずか七年にすぎない。

付け加えておけば『今昔物語集』では、姫君の臨終の後、男は家にも戻らず、愛宕山に行き、髻《もとどり》を切って僧侶になった、と書かれている。芥川は男をそんな殊勝な男とは描いていない。行きがかりで、姫君の臨終を看取っただけで、その行方までは書いていない。それが私たちをとりまく現実と芥川は感じていたにちがいない。

切支丹小説考

I

一九一八（大正七）年五月、『大阪毎日新聞』に『地獄変』を連載した芥川龍之介は同年九月、『三田文学』に『奉教人の死』を発表した。

「去《さ》んぬる頃、日本長崎の「さんた・るちや」と申す「えけれしや」（寺院）に、「ろおれんぞ」と申すこの国の少年がごさつた」と始まる。「ろおれんぞ」は「顔かたちが玉のやうに清らかであつたに、声ざまも女のやうに優しかつた」とある。傘張りの娘が「ろおれんぞ」に恋い焦がれ、妊娠し、その子の父親は「ろおれんぞ」だといったことから、「ろおれんぞ」は寺院から破門され、追放され、町はずれの非人小屋に起き伏しする乞食に身を落とす。「「えけれしや」に詣づる奉教人衆も、その頃はとんと、「ろおれんぞ」を疎《うと》んじはてゝ、伴天連はじめ、誰一人憐みをかくるものもござらなんだ」という。一年あまりの後、「一夜の中に長崎の町の半ばを焼き払つた、あの大火事」があった。その騒ぎの中、娘の生んだ女の子が見当たらない。誰も助けようがない。「その時翁の傍から、誰とも知らず、高らかに「御主、助け給へ」と叫ぶものがござつた。声ざまに聞き覚えもござれば、「しめおん」が頭《かうべ》をめぐらして、その声の主をきつと見れば、いかな事、これは紛ひもない「ろおれんぞ」ぢや。清らかに痩せ細つた顔は、火の光に赤うかがやいて、風に乱れる黒髪も、肩に余るげに思はれたが、哀れにも美しい眉目《みめ》のかたちは、一目見てそれと知られた。その「ろおれんぞ」が、乞食の姿のまゝ、群る人々の前に立つて、目もはなたず燃えさかる家を眺めて居《を》る。と思うたのは、まことに瞬く間もない程ぢや。一しきり焔を煽《あふ》つて、恐しい風が吹き渡つたと見れば、「ろおれんぞ」の姿はまつしぐらに、早くも火の柱、火の壁火の梁《うつばり》の中にはいつて居つた。「しめおん」は思はず遍身《へんしん》に汗を流いて、空高く「くるす」(十字)を描きながら、己も「御主、助け給へ」と叫んだが、何故かその時心の眼には、凩《こがらし》に揺るゝ日輪《にちりん》の光を浴びて、「さんた・るちや」の門に立ちきはまつた、美しく悲しげな、「ろおれんぞ」の姿が浮んだと申す。

なれどあたりに居つた奉教人衆は、「ろおれんぞ」が健気《けなげ》な振舞に驚きながらも破戒の昔を忘れかねたのでもござらう。忽《たちまち》兎《と》角《かく》の批判は風に乗つて、人どよめきの上を渡つて参つた。と申すは、『さすが親子の情あひは争はれぬものと見えた。己が身の罪を恥ぢて、このあたりへは影も見せなんだ「ろおれんぞ」が、今こそ一人子《ひとりご》の命を救はうとて、火の中へいつたぞよ』と、誰ともなく罵りかはしたのでござる。これには翁さへ同心と覚えて、「ろおれんぞ」の姿を眺めてからは、怪しい心の騒ぎを隠さうず為か、立ちつ居つ身を悶えて、何やら愚しい事のみを、声高にひとりわめいて居つた。（中略）

とかうする程に、再《ふた》火《たび》の前に群つた人々が、一度にどつとどよめくかと見れば、髪をふり乱いた「ろおれんぞ」が、もろ手に幼子をかい抱いて、乱れとぶ焔の中から、天くだるやうに姿を現いた。なれどその時、燃え尽きた梁《うつばり》の一つが、俄に半ばから折れたのでござらう。凄じい音と共に、一なだれの煙焔《えんえん》が半空《なかぞら》に迸《ほとばし》つたかと思ふ間もなく、「ろおれんぞ」の姿ははたと見えずなつて、跡には唯火の柱が、珊瑚《さんご》の如くそばだつたばかりでござる。」

こうして、幼子は助かったが、「ろおれんぞ」は死ぬ。ここで娘はその子の父親は「ろおれんぞ」ではなく、家隣の男と密通して生まれた子だと告白する。殉教した「ろおれんぞ」の「焦《こ》げ破れた衣のひまから、清らかな二つの乳房が、玉のやうに露れて居る」ことを人々は見る。

「まことにその刹那の尊い恐しさは、あだかも「でうす」の御声が、星の光も見えぬ遠い空から、伝はつて来るやうであつたと申す。されば「さんた・るちや」の前に居並んだ奉教人衆は、風に吹かれる穂麦のやうに、誰からともなく頭を垂れて、悉《ことごとく》「ろおれんぞ」のまはりに跪いた。その中で聞えるものは、唯、空をどよもして燃えしきる、万丈の焔の響ばかりでござる。いや、誰やらの啜り泣く声も聞えたが、それは傘張の娘でござらうか。或は又自ら兄とも思うた、あの「いるまん」の「しめおん」でござらうか。やがてその寂《じやく》寞《まく》たるあたりをふるはせて、「ろおれんぞ」の上に高く手をかざしながら、伴天連の御経《おんきやう》を誦せられる声が、おごそかに悲しく耳にはいつた。して御経の声がやんだ時、「ろおれんぞ」と呼ばれた、この国のうら若い女は、まだ暗い夜のあなたに、「はらいそ」の「ぐろおりや」を仰ぎ見て、安らかなほゝ笑みを唇に止めたまゝ、静に息が絶えたのでござる。」

これは悲しく美しい殉教譚である。芥川の磨きぬかれた文体の見事さと相俟って、かなりに感銘ふかい作品となっていると云ってもよい。『地獄変』の良秀は地獄を見た。地獄絵を完成したとき、自ら縊れ死ななければならなかった。「ろおれんぞ」はいわれなく追放され、非人小屋で乞食同様に暮らすこととなった。「ろおれんぞ」もまた地獄を見たといってよい。「ろおれんぞ」は死を賭して、嬰児を救い、死ぬこととなった。それは身の証しを立てるためではない。嬰児の死を見過ごすことができない人間愛の発露であったにちがいない。同時に、追放されて体験した地獄から己を救済するためではなかったか。容貌、境遇、成し遂げた仕事はまったく正反対といってよいけれども、じつは『地獄変』の良秀と『奉教人の死』の「ろおれんぞ」とは、芥川が創作した双生児という性格があるように思われる。にもかかわらず、これは『地獄変』にも若干感じられることであるが、『奉教人の死』は美談にすぎて拵え物といった感じがある。自己犠牲の人間愛が現実離れをしていること、また、「ろおれんぞ」が女性であった、という種明かしが場末の芝居じみているからである。そういう意味で私は『奉教人の死』を必ずしも評価しない。

じつは芥川が切支丹小説を書いたのは『奉教人の死』が最初ではない。一九一七（大正六）年一月号の『新潮』に『尾形了斎覚え書』を発表している。これは切支丹の信者である百姓与作の後家篠《しの》からその九歳の娘里《さと》の往診を依頼された医師尾形了斎が、邪教の信者は検脈できない、と断ると篠は「一度は泣く泣く帰宅致し候へども、翌八日、再私宅へ参り、「一生の恩に着申す可く候へば、何卒《なにとぞ》御検脈下され度」など申し候うて、如何様《いかやう》断り候も、聞き入れ申さず、はては、私宅玄関に泣き伏し、「御医者様の御勤は、人の病を癒《いや》す事と存じ候。然るに、私娘大病の儀、御聞き棄てに遊ばさるる条《でう》、何とも心得難く候」など」と言うので、了斎は「貴殿の申し条、万々道理には候へども、私検脈致さざる儀も、全くその理無《りな》しとは申し難く候。何故《なにゆゑ》と申し候はば、貴殿平生の行状誠に面白からず、別して、私始め村方の者の神仏を拝み候を、悪魔外道に憑かれたる所行なりなど、屢誹謗《しばく》され候由、確《しか》と承り居り候。然《しか》るに、その正道《しやうだう》潔白なる貴殿が、私共天魔に魅入《みい》られ候者に、唯今、娘御の大病を癒し呉《く》れよと申され候は、何故に御座候や」などと説き聞かし、篠は一度は諦めるが、翌九日、大雨のなか、濡れ鼠のようになって再訪し、「狂気の如く相成り、私前に再三額《ぬか》づき、亦は手を合せて拝みなど致し候うて、「仰せ千万御尤《ごもつと》もに候。なれども、切支丹宗門の教にて、一度ころび候上は、私魂《たましひ》軀《むくろ》とも、生々世々亡《ほろ》び申す可く候。何卒、私心根を不憫《ふびん》と思召され、此儀のみは、御容赦下され度候」と頼むのだが、了斎は承知しない。結局、篠は「無言の儘、懐中より、彼くるすを取り出し、玄関式台上へ差し置き候うて、静に三度まで踏み候。其節は、格別取乱したる気色も無之《これなく》、涙も既に乾きし如く思はれ候へども、足下のくるすを眺め候眼の中、何となく熱病人の様にて、私方下男など、皆々気味悪しく思ひし由に御座候」という事態に発展、了斎は里を検脈したが、手遅れでもあり、「存命覚束《ぞんめいおぼつか》なかる可きや」と見立て、詮方なく、その旨を篠に告げたところ「私ころび候仔細は、娘の命助け度き一念よりに御座候。然るを、落命致させ候うては、其甲斐《そのかひ》、万が一にも無之かる可く候」などと口説くが、了斎は聞き入れようもない。篠は「見る見る面色変り、忽、其場に悶絶致し候。」了斎が立ち去った後、里も死ぬ。ところが、翌十日、

「紅毛人《こうもうじん》一名、日本人三名、各《おの〱》 法衣《ころも》めきし黒衣を着し候者共、手に手に彼くるす、乃至《ないし》は香炉様の物を差しかざし候うて、同音に、はるれや、はるれやと唱へ居り候。加之《しかのみならず》、右紅毛人の足下には、篠、髪を乱し候儘、娘里を掻き抱き候うて、失神致し候如く、蹲《うずくま》り居り候。別して、私眼を驚かし候は、里、両手にてひしと、篠頸《うなじ》を抱き居り、母の名とはるれやと、代る代る、あどけ無き声にて、唱へ居りし候事に御座候。」

死んだはずの両名が切支丹伴天連の秘法により蘇生したという奇談の報告である。これはまさしく白秋、杢太郎の系譜につながる異国趣味の産物であって、宗教としてのキリスト教への関心ではない。ただ、芥川には超自然的なもの、超越的なものへの関心があった。後にこの関心が王朝小説としては『龍』となり、また、『往生絵巻』となった。『尾形了斎覚え書』はこれらの作品の先駆をなすものとして位置づけられるであろう。

2

『るしへる』も『奉教人の死』と同じ一九一八（大正七）年の一一月、『雄弁』に発表された作品である。「るしへる」とはポルトガル語でサタン、魔王を意味するという。

「今、事の序なれば、わが「ぢやぼ」に会ひし次第、南蛮の語にては「あぽくりは」とも云ふべきを、あらく下に記し置かん。」

「ぢやぼ」はポルトガル語で悪魔を言い、「あぽくりは」はラテン語で偽経典を言う、と全集の注解にある。

「年月の程は、さる可き用もなければ云はず。とある年の秋の夕暮、われ独り南蛮寺の境内なる花木の茂みを歩みつゝ、同じく切支丹宗門の門徒にして、さるやんごとなきあたりの夫人が、涙ながらの懺悔《こひさん》を思ひめぐらし居たる事あり。先つごろ、その夫人のわれに申されけるは、「この程、怪しき事あり。日夜何ものとも知れず、わが耳に囁きて、如何ぞさばかりむくつけき夫のみ守れる。世には情ある男も少からぬものをと云ふ。しかもその声を聞く毎に、神魂忽ち《たちま》恍惚として、恋慕の情自ら止め難し。さればとて又、誰と契らんと願ふにもあらず、唯、わが身の年若く、美しき事のみなげかれ、徒らなる思に身を焦すなり」と。われ、その時、宗門の戒法を説き、且《かつ》厳《おごそか》に警《いまし》めけるは、「その声こそ、一《いち》定《ちやう》悪魔の所為《しよゐ》とは覚えたれ。総じてこの「ぢやぼ」には、七つの恐しき罪に人間を誘ふ力あり、一に驕慢、二に憤怒、三に嫉妬、四に貪望《どんまう》、五に色慾、六に饕餮《てつたう》、七に懈怠《けたい》、一つとして堕獄の悪趣たらざるものなし。さればDSが大慈大悲の泉源たるとうらうへ（裏表）にて、「ぢやぼ」は一切諸悪の根本なれば、苟《いやし》くも天主の御教を奉ずるものは、かりそめにもその爪牙《さうが》に近づくべからず。唯、専念に祈禱《おらしよ》を唱へ、DSの御徳にすがり奉つて、万一「いんへるの」の業火に焼かるる事を免るべし」と。」

「いんへるの」は切支丹言葉にいう地獄である。

この夫人はこうした説教を受けた後、ほの暗い小路を歩みはじめたが、十歩も行かないうちに伴天連めいた人影が現れ、「嘲笑《あざわら》ふが如き声にて、「われは悪魔「るしへる」なり」と云ふ。」「るしへる」が語ることの一部を引用する。

「彼、忽わが肩を抱いて、悲しげに囁きけるは、「わが常に「いんへるの」に堕さんと思ふ魂は、同じく又、わが常に「いんへるの」に堕すまじと思ふ魂なり。汝、われら悪魔がこの悲しき運命を知るや否や。わがかの夫人を邪淫の穽《あな》に捕へんとして、しかも遂に捕へ得ざりしを見よ。われ夫人の気高く清らかなるを愛《め》づれば愈夫人を汚《けが》さまく思ひ、反《かへ》つて又、夫人を汚さまく思へば、愈気高く清らかなるを愛《め》でんとす。これ、汝らが屢七つの恐しき罪を犯さんとするが如く、われら亦、常に七つの恐しき徳を行はんとすればなり。ああ、われら悪魔を誘うて、絶えず善に赴かしめんとするものは、抑《そも〳〵》又汝らがDSか。或はDS以上の霊か」と。悪魔「るしへる」は、かくわが耳に囁きて、薄暮の空をふり仰ぐよと見えしが、その姿忽ち霧の如くうすくなりて、淡薄《たんぱく》なる秋花の木の間に、消ゆるともなく消え去り了んぬ」という。『るしへる』は、右に続いて、次の文章で終わる。

「われ、即ち匆徨《そうくわう》として伴天連の許に走り、「るしへる」が言を以てこれに語りたれど、無智の伴天連、反つてわれを信ぜず。宗門の内証に背くものとして、呵責《かせき》を加ふる事数日なり。されどわれ、わが眼にて見、わが耳にて聞きたるこの悪魔「るしへる」を如何にかして疑ふ可き。悪魔亦性善なり。断じて一切諸悪の根本にあらず。

ああ、汝、提宇子《でうす》、既に悪魔の何たるを知らず。況《いはん》や又、天地作者の方寸をや。蔓頭《まんとう》の葛藤、截断《せつだん》し去る。咄《とつ》。」

この作品における芥川は、人の心に住みついている善悪の葛藤を切支丹の悪魔「るしへる」に託して語っているかのようである。この時点では芥川龍之介の切支丹への関心は南蛮趣味をはるかに出て、人間的、普遍的な観点から切支丹を見るに至っている。ここで芥川が追求しているのは人間の心の暗黒である。

『きりしとほろ上人伝』は翌一九一九（大正八）年『新小説』三月・五月号に発表された作品である。「しりあ」の国の山奥にいた大男「れぷろぼす」は「性得心根のやさしいもの」であったが、「それがしも人間と生まれたれば、あつぱれ功名手がらをも致いて、末は大名ともならうずる」と志を立て、「あんちをきや」の帝に仕えようとすると「頭の中に巣食うた四十雀が、一時にけたたましい羽音を残いて、空に網を張つた森の梢へ、雛も余さず飛び立つてしまうた」ので、思いかえして、山奥へ独り住まいすることになる。やがて、「れぷろぼす」は「あんちをきや」の帝に仕えて隣国との戦争に大いに貢献し、大名に加えられるが、帝が悪魔《ぢやぼ》を怖れていることを知り、帝に仕えようと思ったのは帝が天下無双と承ったからで、悪魔が帝より強いなら悪魔の臣下になろう、という。「れぷろぼす」は帝に謀反した科で、牢に囚われてしまう。やがて、隠者に助けられ、「きりしとほろ」と名をあらためて流沙河の渡し守になると、ある日、渡しを頼まれて背に乗せた少年が次第に重くなる。たえかねるような重さに耐えて、渡りきると「おぬしは今宵と云ふ今宵こそ、世界の苦しみを身に荷《にな》うた「えす・きりしと」を負ひないたのぢや」と聞かされるという話である。素朴で純真な山男がイエス・キリストに出会う、この話から、芥川が救いを求めてキリスト教へ傾斜していく心情が窺われるのではないか。

『じゆりあの・吉助』は同じ一九一九年の九月発行の『新小説』に発表した作品である。その冒頭は次のとおりである。

「じゆりあの・吉助《きちすけ》は、肥前国彼杵郡浦上村《ひぜんのくにそのきごほりうらかみむら》の産《さん》であつた。早く父母に別れたので、幼少の時から、土地の乙名《おとな》三郎治と云ふもの丶下男になつた。が、性来愚鈍な彼は、始終朋輩の弄《なぶ》り物にされて、牛馬同様な賤役《せんやく》に服さなければならなかつた。

その吉助が十八九の時、三郎治の一人娘の兼《かね》と云ふ女に懸想《けさう》をした。兼は勿論この下男の恋慕の心などは顧《かへりみ》なかつた。のみならず人の悪い朋輩は、早くもそれに気がつくと、愈《いよ〱》 彼を嘲弄した。吉助は愚物ながら、悶々の情に堪へなかつたものと見えて、或夜私《ひそか》に住み慣れた三郎治の家を出奔した。」

「それから三年の間、吉助の消息は杳《えう》として」知れなかったが、その後、乞食のような姿で浦上村へ還って来た。一、二年後、吉助が「朝夕一度づ丶、額に十字を劃して、祈禱を捧げる事」が朋輩に発見され、後難を惧れた三郎治は吉助を代官所に引き渡す。ここまでが第一章で、第二章では奉行と吉助の間で次のような問答が交わされる。

「奉行「その方どもの宗門神は何と申すぞ。」

吉助「べれんの国の御若君、えす・きりすと様、並に隣国の御息女、さんた・まりや様でござる。」（中略）

奉行「そのものどもが宗門神となつたは、如何なる謂れがあるぞ。」

吉助「えす・きりすと様、さんた・まりや姫に恋をなされ、焦れ死に果てさせ給うたによつて、われと同じ苦しみに悩むものを、救うてとらせうと思召し、宗門神となられたげでござる。」」

以下は省略する。芥川はこうした問答を楽しんで書いているかにみえる。第三章が、この小説のもっとも山場である。全文を引用する。

「じゆりあの・吉助は、遂に天下の大法通り、磔刑《たくけい》に処せられる事になつた。

その日彼は町中を引き廻された上、さんと・もんたにの下の刑場で、無残にも磔《はりつけ》に懸けられた。磔柱は周囲の竹矢来の上に、一際高く十字を描いてゐた。彼は天を仰ぎながら、何度も高々と祈禱を唱へて、恐れげもなく非人の槍を受けた。その祈禱の声と共に、彼の頭上の天には、一団の油雲が湧き出でゝ、程なく凄じい大雷雨が、沛然《はいぜん》として刑場へ降り注いだ。再び天が晴れた時、磔柱の上のじゆりあの・吉助は、既に息が絶えてゐた。が、竹矢来の外にゐた人々は、今でも彼の祈禱の声が、空中に漂つてゐるやうな心もちがした。それは「べれんの国の若君様、今は何処にましますか、御褒《おんほ》め讃《たた》へ給へ」と云ふ、簡古素朴な祈禱だつた。

彼の屍骸を磔柱《はりつけばしら》から下した時、非人は皆それが美妙な香を放つてゐるのに驚いた。見ると、吉助の口の中からは、一本の白い百合の花が、不思議にも水々しく咲き出てゐた。

これが長崎著聞集、公教遺事《こうきやういじ》、瓊浦《けいぼ》把燭談《はしよくだん》等に散見する、じゆりあの・吉助の一生である。さうして又日本の殉教者中、最も私の愛してゐる、神聖な愚人の一生である。」

『長崎著聞集』等は芥川の創作であり、典拠はアナトール・フランスの短篇であると全集の注解に記されている。それはともかくとして、ここに芥川のキリスト教への傾斜をみることはおそらく誤りではあるまい。また、その底には、純真に信仰に向かうことのできた吉助へのひそかな羨望があったかもしれない。ここには、王朝小説に於ける『龍』、『往生絵巻』、ことに後者に通じる超自然的なもの、超越的なものへの芥川の関心があることは明らかである。

3

一九二〇（大正九）年五月発行の『文章倶楽部』に発表された『黒衣聖母』になると、切支丹に対する芥川の姿勢にかなりの変化が見られる。これは新潟県の素封家稲見家に伝わる麻利耶観音の因縁話である。稲見家の娘お栄は、その弟茂作とともに、父母を失って以来七十を越した祖母の手によって育てられていた。茂作が病気になり、もう今日か明日かという状態になったとき、祖母が麻利耶観音の前に坐り、恭しく額に十字を切って、十分ほど何かお栄にわからない御祈禱をあげた後、今度はお栄にもわかるように次のような願をかけた、という。

「童貞聖麻利耶《ビルゼンサンタマリヤ》様《さま》、私が天にも地にも、杖柱と頼んで居りますのは、当年八歳の孫の茂作と、此処につれて参りました姉のお栄ばかりでございます。お栄もまだ御覧の通り、婿をとる程の年でもございません。もし唯今茂作の身に万一の事でもございましたら、稲見の家は明日が日にも世嗣ぎが絶えてしまふのでございます。そのやうな不祥がございませんやうに、どうか茂作の一命を御守りなすつて下さいまし。それも私風情の信心には及ばない事でございましたら、せめては私の息のございます限り、茂作の命を御助け下さいまし。私もとる年でございますし、霊魂《アニマ》を天主《デウス》に御捧げ申すのも、長い事ではございますまい。しかし、それまでには孫のお栄も、不慮の災難でもございませなんだら、大方年頃になるでございませう。何卒私が目をつぶりますまでゞよろしうございますから、死の天使《アンジョ》の御剣が茂作の体に触れませんやう、御慈悲を御垂れ下さいまし。」

その祈禱のせいか、茂作は次第に持ち直したが、祖母がすやすや眠りだして、まもなく死に、茂作もそれから十分ばかりで息をひきとった、という。麻利耶観音は祖母の祈りのとおり、祖母の命のある限りは茂作を生かしておいたのであった。

芥川は、この作品を次のように結んでいる。

「私はこの運命それ自身のやうな麻利耶観音へ、思はず無気味な眼を移した。聖母は黒檀の衣を纏つた儘、やはりその美しい象牙の顔に、或悪意を帯びた嘲笑を永久に冷然と湛へてゐる。――」

この聖母は、祖母の願いを叶えたとはいえ、まことに残酷である。これもこの時点における芥川のキリスト教観のあらわれであろう。ここではもう切支丹趣味からは離れ、後年の作『西方の人』に向かっているかのようにみえる。

4

一九二二（大正一一）年一月号の『新小説』に芥川は『神神の微笑』と題する小説を発表している。

春の夕べ、南蛮寺の庭の小径を歩みながら、イエズス会の宣教師オルガンティノは憂愁に沈んでいる。「この国の風景は美しい。気候もまづ温和である。」「此処に住んでゐるのは、たとひ愉快ではないにしても、不快にはならない筈ではないか？」と思う反面、「自分はどうかすると、憂鬱の底に沈む事がある」、「自分は唯この国から、一日も早く逃れたい気がする」と考えていた。「三十分の後、彼は南蛮寺の内陣に、泥烏須《デウス》へ祈禱を捧げてゐた。」「彼はその祭壇の後に、ぢつと頭を垂れた儘、熱心にかう云ふ祈禱を凝らした。「南無大慈大悲の泥烏須如来！　私はリスボアを船出した時から、一命はあなたに奉つて居ります。（中略）おお、南無大慈大悲の泥烏須如来！　邪宗に惑溺した日本人は波羅葦増《はらいそ》（天界）の荘厳《しやうごん》を拝する事も、永久にないかも存じません。私はその為にこの何日か、煩悶に煩悶を重ねて参りました。（中略）私は使命を果す為には、この国の山川に潜んでゐる力と、——多分は人間に見えない霊と、戦はなければなりません。」」彼の背後に、「白白と尾を垂れた鶏が一羽、祭壇の上に胸を張つた儘」「夜でも明けたやうに鬨《とき》をつくつてゐる。」薄暗い内陣の中に、何時何処から入ったか、無数の鶏が充満している。そのうちに、彼の前へ「蜃気楼のやうに」「古代の服装をした日本人たちが、互ひに酒を汲み交しながら、車座をつくつてゐるのを見た。そのまん中には女が一人、——日本ではまだ見た事のない、堂堂とした体格の女が一人、大きな桶を伏せた上に、踊り狂つてゐるのを見た。」天の岩屋の神話がオルガンテイノの眼前で演じられ、大日孁貴《おほひるめむち》（天照大神の別名）を呼ぶ歓喜の声が澎湃と天に昇る。冷や汗になったオルガンテイノは其処に倒れ、真夜中になって、彼は「失心の底から、やつと意識を恢復した。彼の耳には神神の声が、未だに鳴り響いてゐるやうだつた。が、あたりを見廻すと、人音も聞えない内陣には、円天井のランプの光が、さつきの通り朦朧と壁画を照らしてゐるばかりだつた。」オルガンテイノは「この国の霊と戦ふのは、思つたよりもつと困難らしい。勝つか、それとも又負けるか」と自問し、「負けですよ！」という囁きを聞く。

次の章では、オルガンテイノは「この国の霊の一人」と自称する老人と会話する。老人は中国から伝来したものも印度から伝来したものも、日本で作り替えられると云う。

この作品の最後に「泥烏須《デウス》が勝つか、大日孁貴が勝つか——それはまだ現在でも、容易に断定は出来ないかも知れない。が、やがては我我の事業が、断定を与ふべき問題である」と作者は書いている。はたして、キリスト教を日本人が受容することがありえるか、受容するとしても、日本化した形に変容するのではないか、という疑問を芥川はここで提出しているようである。

5

同年、一九二二（大正一一）年九月号の『中央公論』に発表した『おぎん』はおそらく芥川龍之介の切支丹小説中、最も問題性のある作品であり、私の考えでは、最高の名作である。

大阪から長崎の浦上に流れて来たおぎんは父母に死別し、孫七、おすみの夫婦の養女となった。孫七、おすみ夫婦は切支丹の洗礼をうけ、「じよあん孫七」「じよあんなおすみ」という洗礼名で呼ばれており、おぎんも「まりや」という洗礼名を受けた。おぎんの実父母は「息を引きとつた後も、釈迦の教を信じてゐる。寂しい墓原《はかはら》の松のかげに、末は「いんへるの」に堕《お》ちるのも知らず、はかない極楽を夢みてゐる」とある。

「すると或年のなたら（降誕祭《くりすます》）の夜、悪魔は何人かの役人と一しよに、突然孫七の家へはひつて来た。孫七の家には大きい囲炉裡《ゐろり》に「お伽の焚《た》き物」の火が燃えさかつてゐる。それから煤《すす》びた壁の上にも、今夜だけは十字架が祭つてある。最後に後ろの牛小屋へ行けば、ぜすす様の産湯《うぶゆ》の為に、飼桶に水が湛《たた》へられてゐる。役人は互に頷き合ひながら、孫七夫婦に縄をかけた。おぎんも同時に括《くく》り上げられた。しかし彼等は三人とも、全然悪びれる気色《けしき》はなかつた。あにま（霊魂《アニマ》）の助かりの為ならば、如何なる責苦も覚悟である。おん主は必我等の為に、御加護を賜《たま》はるのに違ひない。第一なたらの夜に捕はれたと云ふのは、天寵の厚い証拠ではないか？　彼等は皆云ひ合せたやうに、かう確信してゐたのである。役人は彼等を縛めた後、代官の屋敷へ引き立てて行つた。が、彼等はその途中も、暗夜《やみよ》の風に吹かれながら、御降誕の祈禱を誦《じゆ》しつづけた。」

「じよあん孫七、じよあんなおすみ、まりやおぎんの三人は、土の牢に投げこまれた上、天主のおん教を捨てるやうに、いろいろの責苦《せめく》に遇はされた。しかし水責や火責に遇つても、彼等の決心は動かなかつた。たとひ皮肉は爛《ただ》れるにしても、はらいそ（天国）の門へはひるのは、もう一息の辛抱である。」

「じよあん孫七を始め三人の宗徒は、村はづれの刑場へ引かれる途中も、恐れる気色は見えなかつた。刑場は丁度墓原に隣つた、石ころの多い空き地である。彼等は其処へ到着すると、一一罪状を読み聞かされた後、太い角柱に括りつけられた。それから右にじよあんなおすみ、中央にじよあん孫七、左にまりやおぎんと云ふ順に、刑場のまん中へ押し立てられた。おすみは連日の責苦の為、急に年をとつたやうに見える。孫七も髭の伸びた頬には、殆ど血の気が通つてゐない。おぎんも——おぎんは二人に比べると、まだしもふだんと変らなかつた。が、彼等は三人とも、堆《うづたか》い薪《たきぎ》を踏まへた儘、同じやうに静かな顔をしてゐる。」

役人が教を捨てるように言うが彼らは答えることなく、遠い空を見守って、微笑さえ湛えている。役人や見物人は火がかけられるの待ちかねて、退屈していた。

「すると突然一同の耳は、はつきりと意外な言葉を捉へた。

「わたしはおん教を捨てる事に致しました。」

声の主はおぎんである。見物は一度に騒ぎ立つた。が、一度どよめいた後、忽ち又静かになつてしまつた。それは孫七が悲しさうに、おぎんの方を振り向きながら、力のない声を出したからである。

「おぎん！　お前は悪魔にたぶらかされたのか？　もう一辛抱しさへすれば、おん主の御顔も拝めるのだぞ。」

その言葉が終らない内に、おすみも遥かにおぎんの方へ、一生懸命な声をかけた。

「おぎん！　おぎん！　お前には悪魔がついたのだよ。祈つておくれ。祈つておくれ。」

しかしおぎんは返事をしない。」

やがて、次のとおり、話は発展する。

「「お父様、お母様、どうか堪忍《かんにん》して下さいまし。」

おぎんはやつと口を開いた。

「わたしはおん教を捨てました。その訣《わけ》はふと向うに見える、天蓋のやうな松の梢に、気のついたせゐでございます。あの墓原の松のかげに、眠つていらつしやる御両親は、天主のおん教も御存知なし、きつと今頃はいんへるのに、お堕ちになつていらつしやいませう。それを今わたし一人、はらいその門にはひつたのでは、どうしても申し訣がありません。わたしはやはり地獄の底へ、御両親の跡を追つて参りませう。どうかお父様やお母様は、ぜすす様やまりや様の御側へお出でなすつて下さいまし。その代りおん教を捨てた上は、わたしも生きては居られません。…………」

おぎんは切れ切れにさう云つてから、後は啜り泣きに沈んでしまつた。すると今度はじよあんなおすみも、足に踏んだ薪の上へ、ほろほろ涙を落し出した。これからはらいそへはひらうとするのに、用もない歎きに耽つてゐるのは、勿論宗徒のすべき事ではない。じよあん孫七は、苦苦しさうに隣の妻を振り返りながら、癇高い声に叱りつけた。

「お前も悪魔に見入られたのか？　天主のおん教を捨てたければ、勝手にお前だけ捨てるが好い。おれは一人でも焼け死んで見せるぞ。」

「いえ、わたしもお供を致します。けれどもそれは――それは――」

おすみは涙を呑みこんでから、半ば叫ぶやうに言葉を投げた。

「けれどもそれははらいそへ参りたいからではございません。唯あなたの、――あなたのお供を致すのでございます。」

孫七は長い間黙つてゐた。しかしその顔は蒼ざめたり、又血の色を漲らせたりした。と同時に汗の玉も、つぶつぶ顔にたまり出した。孫七は今心の眼に、彼のあにまを見てゐるのである。彼のあにまを奪ひ合ふ天使と悪魔とを見てゐるのである。もしその時足もとのおぎんが泣き伏した顔を挙げずにゐたら、――いや、もうおぎんは顔を挙げた。しかも涙に溢れた眼には、不思議な光を宿しながら、ぢつと彼を見守つてゐる。この眼の奥に閃《ひらめ》いてゐるのは、無邪気な童女の心ばかりではない。「流人《るにん》となれるえわの子供」、あらゆる人間の心である。

「お父様！　いんへるのへ参りませう。お母様も、わたしも、あちらのお父様やお母様も、――みんな悪魔にさらはれませう。」

孫七はたうとう堕落した。」

この作品の末尾に作者は次のとおり感想を記している。

「この話は我国に多かつた奉教人の受難の中でも、最も恥づべき躓《つまづ》きとして、後代に伝へられた物語である。何でも彼等が三人ながら、おん教を捨てるとなつた時には、天主の何たるかをわきまへない見物の老若男女さへも、悉《ことごと》く彼等を憎んだと云ふ。これは折角の火炙りも何も、見そこなつた遺恨だつたかも知れない。更に又伝ふる所によれば、悪魔はその時大歓喜のあまり、大きい書物に化けながら、夜中《よぢゆう》刑場に飛んでゐたと云ふ。これもさう無性《むしやう》に喜ぶ程、悪魔の成功だつたかどうか、作者は甚《はなは》だ懐疑的である。」

この末尾は不要であろう。むしろ、信仰と棄教の本質にかかわる、このような問題意識をもった作者に私は畏敬の念を禁じ得ない。ただ、この主題はもっと深めることができたはずである。そのために、おぎんの両親の経歴、時代、環境、孫七、おすみ、おぎんが切支丹を信仰することとなった経緯、周囲の人々その他の詳細を描き込んでいたら、芥川の代表作となり、また、わが国の文学の大きな遺産となったに違いない。この短篇を私は名作と思っているだけに、望蜀の感が強い。ここでは芥川は皮相な切支丹趣味とすでに絶縁し、切支丹信仰ないし宗教の本質を捉えている。これは明らかに遠藤周作の『沈黙』の先駆をなす作品である。いうまでもなく『沈黙』とは棄教の経緯はことなるけれども、殉教とはどれほどの意味があるか、芥川はそういう本質的な問いをはじめてここで呈示したというべきである。これはまた、人生をいかに生きるかの問いであったといってもよい。

この年、芥川龍之介は『六の宮の姫君』を書き、王朝小説の分野の頂点に達した。切支丹小説の分野でも『おぎん』によって頂点に達した。『河童』が書かれたのもこの年である。これらの作品を経て、はじめて芥川の晩年の作品が生まれるのである。

6

一九二三（大正一二）年四月発行の『中央公論』に発表された『おしの』は、南蛮寺を訪ねてきた浪人の妻が神父に頼む。十五歳になる倅が煩い、咳が出る、食欲が進まない、熱が高い、いろいろ養生に手を尽したが少しも効験が見えない。次第に衰弱し、手許不如意のため思うような療治もできないので、どうか倅の命を助けて頂きたい。

「あれが噂に承つた南蛮の如来でございますか？　倅の命さへ助かりますれば、わたくしはあの磔仏に一生仕へるのもかまひません。どうか冥護を賜るやうに御祈禱をお捧げ下さいまし。」

と女は言う。

「神聖な感動に充ち満ちた神父はそちらこちらと歩きながら、口早に基督の生涯を話した。」やがて、「神父の声は神の言葉のやうに、薄暗い堂内に響き渡つた。女は眼を輝かせた儘、黙然とその声に聞き入つてゐる。

「考へても御覧なさい。ジエズスは二人の盗人と一しよに、磔木におかかりなすつたのです。その時のおん悲しみ、その時のおん苦しみ、――我我は今想ひやるさへ、肉が震へずにはゐられません。殊に勿体ない気のするのは磔木の上からお叫びになつたジエズスの最後のおん言葉です。エリ、エリ、ラマサバクタニ、――これを解けばわが神、わが神、何ぞ我を捨て給ふや？……」

神父は思はず口をとざした。見ればまつ蒼になつた女は下唇を噛んだなり、神父の顔を見つめてゐる。しかもその眼に閃いてゐるのは神聖な感動でも何でもない。唯冷やかな軽蔑と骨にも徹りさうな憎悪とである。神父は惘気《あつけ》にとられたなり、少時《しばし》は唖のやうに瞬きをするばかりだつた。」

そこで、女が云う、「天主ともあらうに、たとひ磔木にかけられたにせよ、かごとがましい声を出すとは見下げ果てたやつでございます。さう云ふ臆病ものを崇める宗旨に何の取柄がございませう?」

この女性の考えは現世利益に執したもので、宗教、ことにキリスト教の信仰の本質に対する無智によるであろう。こうした現世利益的な考えが芥川の思想ではないことは間違いないけれども、はたしてキリスト教が日本人によって受容され得るのか、という『神神の微笑』に連なる疑問が、私たちにとってイエス・キリストは信仰の対象たりえるのか、という問題意識へと深まり、これが後年の作、『西方の人』の底流をなすのではないか。

芥川の切支丹小説としてはさらに、一九二四(大正一三)年一月発行の『中央公論』に発表された、細川ガラシヤを侍女の眼から語らせた『糸女覚え書』があるが、これは信仰をほとんど語っていない。侍女が秀林院様ことガラシャをかなり悪意をもって語っていることは間違いない。たとえば、「秀林院様は少しもお優しきところ無之、賢女ぶらるることを第一となされ候へば」とか、澄見《ちようこん》という比丘尼を小半日も話相手にするのは「いつもお美しいことでおりやる」と言ったお世辞を好むからだが、器量はさのみ美麗ではないとか、最期に「敵は裏門よりなだれ入り候間、速に御覚悟なされたくと申され候。秀林院様は右のおん手にお髪をきりきりと巻き上げられ、御覚悟の体に見上げ候へども、若き衆の姿を御覧遊ばされ、羞しと思召され候や、忽ちおん顔を耳の根迄赤あかとお染め遊ばされ候」といった冷笑じみた言葉を連ねた作であって、ガラシャ夫人を描いたともいえないし、まして、彼女の切支丹信仰を考察したわけでもない凡作である。むしろ芥川は年を経るにしたがい、切支丹嫌いになったのではないか、とさえ思わせる。それでも、芥川はキリストに関心を抱き続けた。彼のキリスト観は結局『西方の人』に集成されることになるであろう。

『侏儒の言葉』考

『侏儒の言葉』は一九二三（大正一二）年一月の創刊号から一九二五（大正一四）年一一月号まで三〇回にわたり『文藝春秋』に連載された芥川龍之介の箴言集である。才気あふれる箴言集だが、中には思いつきの域を出ないものも多い。とはいえ、すでに『おぎん』『六の宮の姫君』を書き、連載中に『玄鶴山房』『河童』を書き、『点鬼簿』に始まる自伝的回想を書いている芥川の、短い生涯の果てに到達した痛切な心情が『侏儒の言葉』の処々に認められる。また、ここには初期以来、彼が抱き、考えてきたさまざまな思想が集約的に語られている。それらの思想とはどういうものであったか、検討してみたい。

I

「我我の愚昧」について、まず考えてみたい。この箴言集の第二番目の項は「鼻」と題している。「二千余年の歴史は眇《べう》たる一クレオパトラの鼻の如何に依《よ》つたのではない。寧《むし》ろ地上に遍満した我我の愚昧《ぐまい》に依つたのである。哂ふべき、——しかし壮厳な我我の愚昧に依つたのである」とこの箴言を芥川は結んでいる。

私たちが歴史をつくってきたのだ、というごく当然のことを芥川は言っているにすぎない。だが、ここで重大なことは私たちの歴史は、壮厳であっても、愚昧である、という芥川の認識である。私たちとは民衆と言いかえてもよい。民衆は愚昧である、という認識が芥川の人生観、世界観の基礎をなしている。

次いで、芥川は「修身」という項を立てて、かなり多くの箴言を記している。たとえば「我我を支配する道徳は資本主義に毒された封建時代の道徳である。我我は殆《ほとん》ど損害の外に、何の恩恵にも浴してゐない」という。たとえば、君に忠、親に孝、といった道徳はおそらく封建時代の道徳とみてよいだろうから、このような道徳が変質しながらも生きながらえて明治以降の私たちの社会を支配し、私たちに損害をもたらし、逆に、こうした道徳からいかなる恩恵も私たちはうけていない、と芥川は言うのであろう。しかし、道徳を損得と関係づけることができるだろうか。

「修身」の冒頭で芥川は「道徳は便宜の異名である。「左側通行」と似たものである」という。道徳は、私見によれば、社会生活を営むための私たちの規範である。社会的規範の一部は、違反したばあい、刑事法あるいは民事法による責任を生じるが、社会的規範としての道徳は、より一般的に私たちの生活の規範をなしている。それ故、確かに規範は社会生活にとって便宜だが、「左側通行」以上のものである。続けて、芥川は「道徳の与へたる恩恵は時間と労力との節約である。道徳の与へる損害は完全なる良心の麻痺《まひ》である」という。私たちは愚昧だから、規範なしに社会生活を営むことはできない。道徳を社会的規範とみるならば、規範の遵守は時間や労力とは関係ないし、良心の麻痺とも関係ない。「君に忠、親に孝」といった社会的規範は内心を支配することがありえるけれども、「左側通行」といった社会的規範は私たちの外的な行動の規範であって、内心とは関係がない。しかし、道徳教育の名の下に、こうした規範を強制することによって私たちの内心を支配するなら社会に害毒を流すし、強制されて、強制されることに自足するならば、良心は麻痺するであろう。道徳そのものが「完全なる良心の麻痺《まひ》」をもたらすわけではない。だから、芥川の言うところは論理に飛躍はあるが、真実を衝いていると言えるかも知れない。

また、『侏儒の言葉』の中で、芥川は「日本人」と題して、「我我日本人の二千年来君に忠に親に孝だつたと思ふのは、猿田彦の命もコスメ・テイツクをつけてゐたと思ふのと同じことである。もうそろ〳〵ありのまゝの歴史的事実に徹して見ようではないか？」と言っていることからみれば、彼が封建道徳としてどんなことを考えていたのかは分からない。もし、君に忠、親に孝、というようなことが封建道徳として行われていなかったとすれば、前に「我我を支配する道徳は資本主義に毒された封建時代の道徳である」と言ったこととはたぶん矛盾する。

ただ、芥川は「修身」の中では「強者は道徳を蹂躙《じうりん》するであらう。弱者は又道徳に愛撫されるであらう。道徳の迫害を受けるものは常に強弱の中間者である」とも言っている。この言葉からみると、芥川のいう道徳とは、社会的規範であるとしても、強者であれば蹂躙することが許されるような社会的規範を意味していたと考えられる。これが『羅生門』『偸盗』以来、芥川が抱いてきた「道徳」であり、このような「道徳」に対して芥川は反感を抱いてきたと私たちは理解すべきであろう。

同じ「修身」の項にまた、「良心は道徳を造るかもしれぬ。しかし道徳は未だ嘗て、良心の良の字も造つたことはない」という箴言が含まれている。道徳を社会的規範と考えれば、良心とは関係ないが、社会的規範が私たちの内心を支配し、支配が強制されるとき、良心との葛藤を生じるであろう。しかし、良心が道徳を造ることはありえない。ここでも論理は飛躍しているが、道徳が良心に有害となり得ることは否定できない。そういう意味で芥川の言うことは間違いとは思わない。

続いて、「良心もあらゆる趣味のやうに、病的なる愛好者を持つてゐる。さう云ふ愛好者は十中八九、聡明なる貴族か富豪かである」ともいう。社会の規律、規範が支配階級にとって都合のよいようにできていることは事実である。支配階級に属する人々にとっては、社会的規範を遵守することは良心を満足させるから、この箴言は真実を衝いているのだが、「病的なる」「聡明なる」といった形容詞が芥川の文飾である。むしろ、芥川が「道徳」とか「良心」とかいうような言葉を、その意味を厳密に定義することなく、かなり思いつきで用いているために、読者としては必ずしも同感できないばあいが生じるのである。ただ、箴言とは、つねに、独断的、断定的に言い切ることに興趣があることも事実である。

2

『侏儒の言葉』には私が反発したり、芥川の秀才らしい嫌みに辟易したり、嫌悪したりする言葉も少なくないのだが、反面では、私が心から共鳴する言葉も多い。その筆頭は「侏儒の祈り」である。文中、難解な言葉には全集の注解等を参照して括弧でくくって意味を示す。「侏儒の祈り」は次のとおりである。

「わたしはこの綵衣《さいい》（美しいいろどりの着物）を纏ひ、この筋斗《きんと》（とんぼがえり）の戯を献じ、この太平を楽しんでゐれば不足のない侏儒でございます。どうかわたしの願ひをおかなへ下さいまし。

どうか一粒の米すらない程、貧乏にして下さいますな。どうか又、熊掌《いうしやう》（熊の掌、中華料理の高価な食材）にさへ飽き足りる程、富裕にもして下さいますな。

どうか採桑《さいさう》の農婦すら嫌ふやうにして下さいますな。どうか又後宮の麗人さへ愛するやうにもして下さいますな。

どうか菽麦《しゆくばく》（まめと麦）すら弁ぜぬ程（その区別をわきまえぬほど）、愚昧にして下さいますな。どうか又雲気さへ察する程（古代の中国の天文学者は空中に現ずる気を感じて占いをした）、聡明にもして下さいますな。

とりわけどうか勇ましい英雄にして下さいますな。わたしは現に時とすると、攀《よ》ぢ難い峰の頂を窮め、越え難い海の浪を渡り——云はば不可能を可能にする夢を見ることがございます。さう云ふ夢を見てゐる時程、空恐しいことはございません。わたしは龍と闘ふやうに、この夢と闘ふのに苦しんで居ります。どうか英雄とならぬやうに——英雄の志を起さぬやうに力のないわたしをお守り下さいまし。

わたしはこの春酒《しゅんしゅ》に酔ひ、この金縷《きんる》の歌（古代中国の青春をたたえる歌）を誦し、この好日を喜んでゐれば不足のない侏儒でございます。」

ここに芥川の本音を認めることはおそらく間違いではあるまい。私が芥川を尊敬するのは、その溢れるほどの才気の底に、このようなつつましい気持を持っていたからだといってよい。

3

『侏儒の言葉』には芥川の怖ろしいほどの無智も示されている。たとえば、一連の軍人や軍隊に関する箴言である。「小児」は次のとおりである。

「軍人は小児に近いものである。英雄らしい身振を喜んだり、所謂光栄を好んだりするのは今更此処に云ふ必要はない。機械的訓練を貴んだり、動物的勇気を重んじたりするのも小学校にのみ見得る現象である。殺戮《さつりく》を何とも思はぬなどは一層小児と選ぶところはない。殊に小児と似てゐるのは喇叭《らつぱ》や軍歌に鼓舞されれば、何の為に戦ふかも問はず、欣然《きんぜん》と敵に当ることである。

この故に軍人の誇りとするものは必ず小児の玩具に似てゐる。緋縅《ひをどし》の鎧や鍬形《くはがた》の兜《かぶと》は成人の趣味にかなつた者ではない。勲章も——わたしには実際不思議である。なぜ軍人は酒に酔はずに、勲章を下げて歩かれるのであらう?」

私には軍人を批判するよりも戦争を批判すべきであり、不可避的に戦争が起こることを論じることなく、軍人を批判したり揶揄したりすることは、芥川の小児性であるとしか考えられない。同じことが「兵卒」にもあてはまるであろう。

「理想的兵卒は苟《いやし》くも上官の命令には絶対に服従しなければならぬ。絶対に服従することは絶対に批判を加へぬことである。即ち理想的兵卒はまづ理性を、失はなければならぬ。」

異民族間の利害関係、同じ民族の中であっても異なる部族間の利害関係の対立から戦争が起こることは、歴史が証明しているとおり、避けられない事実である。不可避な戦争を予期しなければならないときには、軍隊を常備しなければならないし、軍隊は軍人なしでは成り立たない。悲しいことだが、戦争が不可避だから軍人が必要なのであり、軍人が敵と戦うのが好きだから、戦争が起こるわけではない。

兵卒は上官の命令に絶対に服従しなければならず、服従するためには理性を失わなければならないことがあり得る。もしも、兵卒が上官の命令に服従しなければ、組織は成り立たない。この上官と兵卒の関係は、企業等のあらゆる有機的な組織における命令と服従の関係と同じである。もちろん、通常の組織であれば、下僚は理性を失ってまで上司に服従する必要はないけれども、戦場においては、命令に従うために理性を失わなければならないことも当然あり得るであろう。兵卒に上官に対する絶対的な服従が要求されることを非難するのは、軍事行動に関しては無理無体としか言いようがない。

勲章が好きなのは、軍人に限られない。通常の人間は名誉を欲する。それも目に見えない名誉よりも外からも見えるような名誉を好むことは、人間の通性だから非難できることではない。社会的に貢献をした者がその報償として勲章を受けることは非難すべきことではない。国際的な社交の場では、軍人であると否とを問わず、勲章を付けることは儀礼に属する。そう考えてくると、私には芥川の軍人批判がいかにも小児病的に見える。

4

「軍人は小児に近いものである」という「小児」に続いて、芥川は「武器」という文章を掲載している。その前半を引用する。

「正義は武器に似たものである。武器は金を出しさへすれば、敵にも味方にも買はれるであらう。正義も理屈をつけさへすれば、敵にも味方にも買はれるものである。古来「正義の敵」と云ふ名は砲弾のやうに投げかはされた。しかし修辞につりこまれなければ、どちらがほんとうの「正義の敵」だか、滅多《めつた》に判然したためしはない。

日本人の労働者は単に日本人と生まれたが故に、パナマから退去を命ぜられた。これは正義に反してゐる。亜米利加《アメリカ》は新聞紙の伝へる通り、「正義の敵」と云はなければならぬ。しかし支那人の労働者も単に支那人と生まれたが故に、千住から退去を命ぜられた。これも正義に反してゐる。日本は新聞紙の伝へる通り、——いや、日本は二千年来、常に「正義の味方」である。正義はまだ日本の利害と一度も矛盾はしなかつたらしい。」

ここで芥川が説いていることは「正義」という観念のいかがわしさであり、強いていえば相対性である。まことに芥川は炯眼である。それでも、若干、私なりの感想を書きとめておきたい。

全集の注解では、「パナマから退去」について「一九二〇年パナマ運河全面開通。同年カリフォルニア州議会は排日土地法を可決、翌年移民制限法が成立。日本人移民に対する迫害事件など、排日的気運があったが、パナマからの退去勧告の事件は確認できなかった」とあり、「千住から退去」については「一九二二年三月一四日「東京朝日新聞」は、内地労働者の失業問題に悩む折から、中国人労働者に対して、一八九九年の外国人労働者に関する勅令によって退去を命じたと報じている」と記載している。

自国民が失業問題を抱えているときに外国人労働者に職を与えなければならないとすることが、「正義」に合致するか。これが中国人労働者に千住から退去を命じた理由であった。アジア系移民によるアメリカ人労働者の失業問題を放置できない、ということが、カリフォルニア州議会の「正義」であった。労働力が不足すれば、外国人労働者が必要になる。しかし、一旦不況になれば労働力は過剰になる。そうでなくても、本国において職業がなければ、職業の得られそうな土地に労働者が移動するのは必然である。現在において、ドイツにトルコ人労働者問題が存在するのも同じ理由である。この文章の最後を芥川は次のように結んでいる。

「わたしは歴史を翻へす度に、遊就館を想ふことを禁じ得ない。過去の廊下には薄暗い中にさまざまの正義が陳列してある。青龍刀に似てゐるのは儒教の教へる正義であらう。騎士の槍に似てゐるのは基督教の教へる正義であらう。此処に太い棍棒がある。これは社会主義者の正義であらう。彼処《かしこ》に房のついた長剣がある。あれは国家主義者の正義であらう。わたしはさう云ふ武器を見ながら、幾多の戦ひを想像し、をのづから心悸《しんき》の高まることがある。しかしまだ幸か不幸か、わたし自身その武器の一つを執りたいと思つた記憶はない。」

宗教の違いによる「正義」もあり、イデオロギーの違いによる「正義」もあり、民族間、部族間の利害関係から生じる「正義」もある。

私自身「正義」について省察を試みたこともある。私は「正義」は相対的な観念であって、絶対的な「正義」はないかもしれないが、「不正」は存在すると考える。労働力が不足したときに外国人労働者に頼りながら、時勢の変化によって外国人労働者を使い捨てにすることは「不正」であり、「正義」に反すると考える。自国民の労働力についても同じであり、わが国の最近一〇年余の傾向は憂慮にたえないと私は考えている。

そういう理由で私は芥川に敬意を払っている。

5

『侏儒の言葉』において、芥川がもっとも真摯に考えていたのは、人生とは何か、親子とはどういう関係か、という問題ではなかったかと思われる。「人生」という項に次の一節がある。

「人生は狂人の主催に成つたオリムピック大会に似たものである。我我は人生と闘ひながら、人生と闘ふことを学ばねばならぬ。かう云ふゲエムの莫迦々々しさに憤慨を禁じ得ないものはさつさと埒外《らちぐわい》に歩み去るが好い。自殺も亦確かに一便法である。しかし人生の競技場に踏み止まりたいと思ふものは創痍を恐れずに闘はなければならぬ。四つん這ひになつたランナアは滑稽であると共に悲惨である。水を呑んだ遊泳者も涙と笑とを催させるであらう。我我は彼等と同じやうに、人生の悲喜劇を演ずるものである。創痍を蒙るのはやむを得ない。が、その創痍に堪へる為には、――世人は何と云ふかも知れない。わたしは常に同情と諧謔《かいぎやく》とを持ちたいと思つてゐる。」

おそらく、この文章は『侏儒の言葉』の中でももっとも深刻な省察にもとづいている。人生は理性の場ではない。「人生は狂人の主催に成つたオリムピック大会に似たものである」という言葉は、そのような諦観ないし達観から生まれている。理性的な場ではないから、どのように闘うかを闘いながら学ばなければならないし、闘いによって創痍を負わなければならない。四つん這いになるかもしれないし、泳ぎながら水を呑んで醜態をさらすかもしれない。人生とはそういう悲惨と醜態の連続である。自らも、闘う相手も、人生という競技場裏にいる者すべてが創痍を負っている。そういう競技場裏から自死という方法で脱落することなく、生きていくために、「わたしは常に同情と諧謔《かいぎやく》とを持ちたいと思つてゐる」という。自分も他人も突き放していない。心に余裕をもって、競技場裏にある人々を同情と諧謔とをもって見ていかなければ、この場にのこることはできないのだ、と芥川はいう。こういう言葉に接すると私は涙ぐみたくなる。彼の小説のどんな一節よりも心を打たれるといってよい。

「人生」の項には「又」として、

「人生は一箱のマッチに似てゐる。重大に扱ふのは莫迦々々しい。重大に扱はなければ危険である。」

と記し、さらに「又」として、

「人生は落丁の多い書物に似てゐる。一部を成すとは称し難い。しかし兎に角一部を成してゐる。」
ともいう。先に引用した文章に比べると、これらは才筆の域を出ない。

6

『侏儒の言葉』の中における箴言として、あるいは芥川が遺した箴言として、もっともひろく知られているのは「地獄」のなかの「人生は地獄よりも地獄的である」という言葉であろう。だが、ここで彼が説いていることは意外に期待外れといってよい。

「人生は地獄よりも地獄的である。地獄の与へる苦しみは一定の法則を破つたことはない。たとへば餓鬼道の苦しみは目前の飯を食はうとすれば飯の上に火の燃えるたぐひである。しかし人生の与へる苦しみは不幸にもそれほど単純ではない。目前の飯を食はうとすれば、火の燃えることもあると同時に、又存外楽楽と食ひ得ることもあるのである。のみならず楽楽と食ひ得た後さへ、腸加太児《ちやうカタル》の起ることもあると同時に、又存外楽楽と消化し得ることもあるのである。かう云ふ無法則の世界に順応するのは何びとにも容易に出来るものではない。もし地獄に堕ちたとすれば、わたしは必ず咄嗟《とつさ》の間に餓鬼道の飯も掠《かす》め得るであらう。況や針の山や血の池などは二三年其処に住み慣れさへすれば、格別跋渉《ばつせふ》の苦しみを感じないやうになつてしまひさうである。」

つまり、地獄の苦しみには法則性があるが、人生の苦しみは無法則だから人生の苦しみの方がよほど苦しい、ということである。ここで芥川は地獄の苦しみの法則性とこれに対する馴れ易さを説明しているけれども、人生における無法則性の苦しみがどのように私たちを襲い、私たちがどうして人生における苦しみから逃れられないかは説明していない。私が失望する所以である。だが、「人生は地獄よりも地獄的である」ことは『侏儒の言葉』の中の随所で語られているのかも知れない。

たとえば「輿論」という題の短い箴言がある。

「輿論《よろん》は常に私刑であり、私刑は又常に娯楽である。たとひピストルを用ふる代りに新聞の記事を用ひたとしても。」

これに「又」とあって、次の文章がある。

「輿論の存在に価する理由は唯輿論を蹂躙する興味を与へることばかりである。」

「人生は地獄よりも地獄的である」所以は、地獄には「輿論」がないこともその一つかもしれない。

7

『侏儒の言葉』の中で、私が最も好きな「瑣事」という文章を次に引用しておきたい。

「人生を幸福にする為には、日常の瑣事《さじ》を愛さなければならぬ。雲の光り、竹の戦《そよ》ぎ、群雀《むらすずめ》の声、行人の顔、——あらゆる日常の瑣事の中に地上の甘露味《かんろみ》を感じなければならぬ。

人生を幸福にする為には？——しかし瑣事を愛するものは瑣事の為に苦しまなければならぬ。庭前の古池に飛びこんだ蛙は百年の愁を破つたであらう。が、古池を飛び出した蛙は百年の愁を与へたかも知れない。いや、芭蕉の一生は享楽の一生であると共に、誰の目にも受苦の一生である。我我も微妙に楽しむ為には、やはり又微妙に苦しまなければならぬ。

人生を幸福にする為には、日常の瑣事に苦しまなければならぬ。雲の光り、竹の戦ぎ、群雀の声、行人の顔、——あらゆる日常の瑣事の中に堕地獄の苦痛を感じなければならぬ。」

私たちの日常は瑣末によって成り立っている。私たちが生きるということは瑣末を重ねることであり、瑣末は愛すべく、また、辛い。その集積で私たちの生がある。私は日常の瑣末に苦痛を感じなければならない、とは思わないけれども、日常の瑣末に苦痛がふくまれていることは日々充分に感じている。それで足りると私は考えている。

8

『侏儒の言葉』の中でも、また、芥川の生涯の中でも、彼がもっとも深刻に考えていたのは「親子」の関係であったに違いない。それは彼の出生にかかわるからである。

「親子」という項で彼は次のとおり書いている。

「親は子供を養育するのに適してゐるかどうかは疑問である。成程牛馬は親の為に養育されるのに違ひない。しかし自然の名のもとにこの旧習の弁護するのは確かに親の我儘である。若し自然の名のもとに如何なる旧習も弁護出来るならば、まづ我我は未開人種の掠《りやく》奪結婚《だっけっこん》を弁護しなければならぬ。」

これはあまり論理的ではない。親が子を養育するのははたしてたんに旧習にすぎないか。未開人種の略奪結婚になぞらえるのが適切か。私のような法律家からみれば、親が子を養育するのは、子をもったことから生じる義務である。親の資質、生活能力などにより、親が子を養育できないときは、これは社会の責任として、養育する者を定めなければならない。いわゆる家庭内暴力などにより親に養育の資格のないときも、やはり社会の責任において養育しなければならない。しかし、遺憾ながら、私たちの社会はそのようは体制となっていない。だからといって、親一般が子を養育するのに適していないということはできない、と私は考える。俗に言われるように、子は親の背を見て育つのである。不幸な「背」を見ることになるとしても、それは子の運命と考えざるをえない。

次いで「又」として、芥川は次のように言う。

「子供に対する母親の愛は最も利己心のない愛である。が、利己心のない愛は必しも子供の養育に最も適したものではない。この愛の子供に与へる影響は——少くとも影響の大半は暴君にするか、弱者にするかである。」

芥川の言うことが必ずしも間違いではない。しかし、芥川はここで子の資質を見落としている。また、母親の愛が「利己心のない愛」であるかどうかも疑問である。私はこの芥川の言葉はほとんど間違いであると考える。

この次の「又」として、芥川は次のとおり書いている。

「人生の悲劇の第一幕は親子となつたことにはじまつてゐる。」

この言葉こそ、芥川が『侏儒の言葉』でどうしても書かなければならなかった言葉のように思われる。これはたんに芥川が発狂した母親をもったというだけのことではあるまい。あらゆる親と子の関係は悲劇なのだという思想に違いない。親と子という関係にある人間がいれば、彼らは必ず対立し、生活の上でも、思想の上でも、負担を生じ、負担を生じていることを負担に感じ、互いが相手を必要とし、必要とすることを嫌悪する。互いが相手に対して寛容になるには、諦観のための時間を要する。芥川がこの短い言葉でどこまで深く考えていたかは分からない。あるいは、ほんの気紛れの発言だったのかもしれない。最後の「又」は、

「古来如何に大勢の親はかう言ふ言葉を繰り返したであらう。——「わたしは畢竟失敗者だつた。しかしこの子だけは成功させなければならぬ。」」

というまことに平凡な言葉で終わっている。だから、「人生の悲劇の第一幕は親子となつ

たことにはじまつてゐる」という箴言をあまりに深刻に考えることは誤りかもしれない。ただ、たとえば、石川啄木についていえば、石川一禎を父とし、カツを母として生まれたことに啄木の悲劇の第一幕が始まったかのように見える。曹洞宗の僧侶であった石川一禎は宗費を本山に納めなかったために、渋民村の宝徳寺の住職を免職になった。免職になった僧侶には別に生計の道を立てることは不可能に近いだろうが、その結果として、盛岡中学を五年で中退した、二十歳にもならない啄木、石川一が一家五人を扶養しなければならないことになった。啄木にはもちろんその能力はなかった。啄木の悲劇の原因の多くは彼の資質にあるとはいえ、父にも責任のあることは間違いあるまい。

芥川について、実母の狂気を除けば、真に親子関係に悲劇を見ることは私には難しいように思える。しかし、芥川ほどの天才が軽々しくこうした言葉を遺したとも考えられないので、私はこの言葉に躓かざるを得ないのである。

晩年の作品考

I

芥川龍之介の晩年の作品について考えたい。『路上』は芥川の現代小説中、王朝小説における『偸盗』と比すべき失敗作だが、一九一九(大正八)年六月から八月にかけて『大阪毎日新聞』に連載された小説である。この小説の語り手である俊助は、「新しい「女の一生」を書く心算」でいる初子という若い女性に紹介され、彼女が書こうとしている小説の女主人公が「最後にどこかの癲狂院《てんきやういん》で、絶命する」ことになっているので、精神病院を紹介してほしいと依頼され、案内する。何人かの精神病者を見た後、彼らは「柔道の道場を思はせる、広い畳敷の病室」を見る。

「その畳の上には、ざつと二十人近い女の患者が、一様に鼠の棒縞の着物を着て雑然と群羊の如く動いてゐた。俊助は高い天窓の光の下に、これらの狂人の一団を見渡した時、又さつきの不快な感じが、力強く蘇生《よみがへ》つて来るのを意識した。

「皆仲好くしてゐるわね。」

初子は家畜を見るやうな眼つきをしながら、隣に立つてゐる辰子に囁いた。」

さらにまた、女性たちには「あなた方は此処で、暫く御休みになつて下さい。今、御茶でも差上げますから」と言って、俊助の知人の精神科医新田は、俊助だけを別の病室に案内する。

「俊助は新田の云ふ通り、おとなしくその後について、明るい応接室からうす暗い廊下へ出ると、今度はさつきと反対の方向にある、広い畳敷の病室へつれて行かれた。すると此処にも向ふと同じやうに、鼠の棒縞を来た男の患者が、二十人近くもごろごろしてゐた。しかもそのまん中には、髪をまん中から分けた若い男が、口を開いて、涎《よだれ》を垂らして、両手を翼のやうに動かしながら、怪しげな踊を踊つてゐた。」

この男性の精神異常者たちを見る挿話は、精神異常者を描こうとしている初子らを応接室に残して、俊助だけが見るのだから、『路上』の筋とはまったく関係ない。こうした挿話が無意味に描かれていることにも、小説としての混乱、不統一があるが、芥川としてはどうしても描きたかったに違いない。つまり、実母の発狂の遺伝を芥川は極度に怖れていた。その恐怖がこうした描写となり、やがて、自分も鼠色の棒縞の着物を着ることになるのではないか、という意識が芥川を苦しめていた。

『侏儒の言葉（遺稿）』中に、「運命」と題して、「遺伝、境遇、偶然、――我々の運命を司るものは畢竟この三者である」と芥川は書いている。境遇も偶然も自ら支配できることではない。そういう意味では遺伝と同じである。すべてが与えられ、すべてが決められている軌道を歩むより外はない、という思想が芥川の短い晩年を支配していたと私は考える。人生は定められた軌道を歩むしかないと諦観すれば、これはペシミズムというべきである。このペシミズムは『六の宮の姫君』にも認められるが、人生の暗黒を凝視するリアリズムと通じていた。

2

人生は、日常の瑣事に至るまで、苦悩に満ち、何処にも救いがない。そういう視点から、『中央公論』一九二七（昭和二）年一月号に一部だけ発表され、全篇が同誌二月号に発表された、彼の生涯の傑作『玄鶴山房』が生まれた。玄鶴山房の主人、「堀越玄鶴は画家としても多少は知られてゐた。しかし資産を作つたのはゴム印の特許を受けた為だつた。或はゴム印の特許を受けてから地所の売買をした為だつた」と紹介されている。「小ぢんまりと出来上つた、奥床しい門構へ」の家で肺結核を患う玄鶴は寝たきりである。家族は、「玄鶴の寝こまない前から、――七八年前から腰抜けになり、便所へも通へない」妻のお鳥、それに娘のお鈴、お鈴の夫の銀行員である重吉、彼ら夫婦の一人息子、武夫、看護婦の甲野である。そういう家庭に、ある日、二十四、五の女が子供連れで訪れる。「東京の或近在に玄鶴が公然と囲つて置いた女中上り」のお芳であった。お芳は、玄鶴との間に生まれた文太郎と共に、泊りこんで看病にあたることになる。「お芳が泊りこむやうになつてから、一家の空気は目に見えて険悪になるばかりだつた」と書かれている。女中あがりの妾が同居することになれば、いかに腰抜けになり、便所へも通えなくなったとはいえ、妻のお鳥との間に葛藤が生じるのは当然であり、娘のお鈴もその夫重吉も、心穏やかでありえないのも当然である。同居するお芳としても、よほど張りつめた気持でなければ一日といえども過ごすことはできまい。娘夫婦の子、武夫と妾の子、文太郎との間も、蔑視する武夫とこれに耐える文太郎との間で緊張した関係を生じたにちがいない。「看護婦の甲野は職業がら、冷やかにこのありふれた家庭的悲劇を眺めてゐた、――と云ふよりも寧ろ享楽してゐた」と書かれている甲野は別として、玄鶴一家の相互の心情の葛藤がじつに冷酷に描かれる。たとえば、「この苦しみも長いことはない。お目出度くなつてしまひさへすれば」などと考えた玄鶴は、仰向けに横たわったまま、枕もとの甲野に晒し木綿の六尺を買いに行かせ、この褌で縊れ死ぬことを頼りに半日を過ごすのだが、「死はいざとなつて見ると、玄鶴にもやはり恐しかつた」とある。

一週間ばかり経った後、玄鶴は死ぬ。棺が火葬場に着くと「予め電話をかけて打ち合せて置いたのにも関らず、一等の竈は満員になり、二等だけが残つてゐると云ふことだつた。それは彼等にはどちらでも善かつた。が、重吉は舅よりも寧ろお鈴の思惑を考へ、半月形の窓越しに熱心に事務員と交渉し」、一等の料金で特等で焼いてもらうことになる。火葬場を出ようとした時、意外にもお芳が、煉瓦塀の前に佇んで、黙礼しているのに気づく。「あの女はこの先どうするでせう?」と重吉は従弟の大学生から訊ねられるが、「さあ、どう云ふことになるか」としか答えない。

この小説の末尾は次のとおりである。

「彼の従弟は黙つてゐた。が、彼の想像は上総の或海岸の漁師町を描いてゐた。それからその漁師町に住まなければならぬお芳親子も。――彼は急に険しい顔をし、いつかさしはじめた日の光の中にもう一度リイプクネヒトを読みはじめた。」

「人生は地獄よりも地獄的である」という『侏儒の言葉』の箴言のとおり、ここには平凡な家庭に展開される地獄絵図が描かれている。人情の葛藤の冷酷無残な実体を芥川はこの小説で示している。しかも、この小説の人間たちを高みから見下ろしているわけではない。玄鶴をはじめ各人それぞれの性格と事情を、冷静であるが、いとおしむかのように描いているように見える。どうにもならない性格、環境の中で、地獄よりも地獄的な家庭悲劇がおこることは、現代においても変わらない。最後に従弟の大学生が、リイプクネヒトを読むことが発表当時から問題とされたが、芥川は青野季吉宛ての手紙で「わたしは玄鶴山房の悲劇を最後で山房以外の世界へ触れさせたい気もちを持つてゐました」と言った。リイプクネヒトは社会主義者である。大学生にリイプクネヒトを読ませることで、玄鶴山房の外には新思想が吹き始めていることを芥川は暗示したわけだが、この新思想といえども付焼き刃の借り物なのだから、何の救いになるわけでもない。むしろ、これは無駄な付言である。

3

『改造』一九二七（昭和二）年三月号に、いいかえれば、『玄鶴山房』が発表されたと同じ年、ほとんど引き続き発表された『河童』を芥川の最晩年の代表作の一つとみることに私は異議をもたない。しかし、この作品は『ガリヴァー旅行記』に倣って、架空の動物の世界を借りて社会批判を形象化した作品であり、ここで説いている思想は『侏儒の言葉』を出るものではないと考える。

たとえば、第四章に「バッグの細君のお産をする所をバッグの小屋へ見物に行きました」とあり、「お産をするとなると、父親は電話でもかけるやうに母親の生殖器に口をつけ、「お前はこの世界へ生れて来るかどうか、よく考へた上で返事をしろ。」と大きな声で尋ねるのです」、「すると細君の腹の中の子は多少気兼でもしてゐると見え、かう小声に返事をしました。「僕は生れたくはありません。第一僕のお父さんの遺伝は精神病だけでも大へんです。その上僕は河童的存在を悪いと信じてゐますから。」バッグはこの返事を聞いた時、てれたやうに頭を掻いてゐました」とある。

これは『侏儒の言葉』における「人生の悲劇の第一幕は親子となつたことにはじまつて

ゐる」の形象化であり、また、前述の『侏儒の言葉（遺稿）』における「遺伝、境遇、偶然、——我々の運命を司るものは畢竟この三者である」の形象化である。

別の例をいえば、第六章に「河童の恋愛は我々人間の恋愛とは余程趣を異にしてゐます。雌の河童はこれぞと云ふ雄の河童を見つけるが早いか、雄の河童を捉へるのに如何なる手段も顧みません」という。これは『侏儒の言葉（遺稿）』における「女人は我々男子には正に人生そのものである。即ち諸悪の根源である」という思想を形象化したものといってよい。いうまでもなく、ある箴言で表現される思想を形象化し、生き生きした会話、生態として造型することは凡庸の才能でできることではない。『侏儒の言葉』における箴言は、それ自体が浅薄なものも多く、「女人は我々男子には正に人生そのものである。即ち諸悪の根源である」という人間性の真実を抉り出したかにみえる箴言でさえ、これは「男性は我々女性には正に人生そのものである。即ち諸悪の根源である」あるいは「人間に性差があることは諸悪の根源である」というに等しく、だから、どうなのだ、ということでもあり、言葉遊びにすぎないということも半面の真実である。『河童』は、そういう意味で、芥川ならではの著作に違いないのだが、彼の全作品を見渡したとき、それほどに高く評価すべき作品とは思わない。

4

『玄鶴山房』と同年に芥川は『西方の人』を発表している。すなわち、『西方の人』は一九二七（昭和二）年七月二四日に芥川が自死した直後の『改造』八月号に発表され、『続西方の人』は同誌の同年九月号に発表されている。それ故、最晩年の作品であり、創作の順序にしたがえば、これより前に『大道寺信輔の半生』以降の自伝的作品のいくつかを採りあげなければならないのだが、これらは芥川の自死につながる作品として、後に考えることとし、さしあたり、『おぎん』を頂点とし、『糸女覚え書』で終わった彼の切支丹物の終着点として、『西方の人』を考えておかねばならない。

『西方の人』の「1　この人を見よ」に作者は次のとおり記している。

「わたしは彼是十年ばかり前に芸術的にクリスト教を――殊にカトリック教を愛してゐた。長崎の「日本の聖母の寺」は未だに私の記憶に残つてゐる。かう云ふわたしは北原白秋氏や木下杢太郎氏の播《ま》いた種をせつせと拾つてゐた鴉《からす》に過ぎない。それから又何年か前にはクリスト教の為に殉じたクリスト教徒たちに或興味を感じてゐた。殉教者の心理はわたしにはあらゆる狂信者の心理のやうに病的な興味を与へたのである。わたしはやつとこの頃になつて四人の伝記作者のわたしたちに伝へたクリストと云ふ人物を愛し出した。クリストは今日のわたしには行路《かうろ》の人のやうに見ることは出来ない。(中略)わたしは唯わたしの感じた通りに「わたしのクリスト」を記すのである。厳しい日本のクリスト教徒も売文の徒の書いたクリストだけは恐らくは大目に見てくれるであらう。」

北原白秋氏、木下杢太郎氏云々は謙遜にすぎないが、芥川の切支丹物の初期作品が白秋らの詩作等から刺戟をうけたことはありうるであろう。「殉教者の心理はわたしにはあらゆる狂信者の心理のやうに病的な興味を与へた」とはいえ、殉教者も描いたあげく、芥川は棄教者の心理をふかく洞察するに至っていた。だから、『西方の人』は信仰の対象としてのキリスト像ではない。芥川が四福音書から描いた、彼の愛する人間像である。

「17 背徳者」にいう。

「クリストの母、美しいマリアはクリストには必しも母ではなかつた。彼の最も愛したものは彼の道に従ふものだつた。クリストは又情熱に燃え立つたまま、大勢の人々の集つた前に大胆にもかう云ふ彼の気もちを言ひ放すことさへ憚《はばか》らなかつた。マリアは定めし戸の外に彼の言葉を聞きながら、悄然《せうぜん》と立つてゐたことであらう。我々は我々自身の中にマリアの苦しみを感じてゐる。」

ここには確かに私たちが見逃しがちなキリストとマリアの関係の省察が認められる。キリストには、あらゆる宗教者に共通したことだが、肉親よりは信徒がより親しい存在だったに違いない。『続西方の人』の「8　或時のマリア」では芥川はこういう。

「美しいマリアはクリストの精霊の子供であることを承知してゐた。この時のマリアの心もちはいぢらしいと共に哀れである。」

ここには母親という存在への芥川のふかい思いが潜んでいる。それは彼自身の体験に根ざしていたのではないか。

『西方の人』の最後の章である「37　東方の人」末尾の次の言葉はどうか。

「クリストは「狐は穴あり。空の鳥は巣あり。然《しか》れども人の子は枕する所なし」と言つた。彼の言葉は恐らくは彼自身も意識しなかつた、恐しい事実を孕んでゐる。我々は狐や鳥になる外は容易に塒《ねぐら》の見つかるものではない。」

これは芥川がマタイ伝八章に発見した絶望の言葉である。

正続『西方の人』はキリスト教徒でない者が見た、そして愛した、キリストの肖像である。芥川はついにキリスト教徒となることはなかった。キリスト教に救いを求めることはなかった。もし救いを求めていたら自死することはなかったかもしれない。絶望しながらも、なお、救いを求めることなく、しかも、キリストを愛さずにはいられなかった証しとして正続『西方の人』は存在する。

5

一九二七（昭和二）年六月から『大調和』に発表されはじめ、死後、完結したかたちで『文藝春秋』一〇月号に発表された『歯車』はまぎれもなく芥川の最晩年の代表作である。ここには「レエン・コオト」の出没する描写をはじめ、じつに無気味な心理が微妙に、しかも、絶望的に描かれている。これは決して神経症患者の手記ではない。きわめて明晰な頭脳が、神経症患者として体験した事実を、おそらく事実に即して、構成し創作した作品である。第一章の末尾は次のとおりである。

「僕の姉の夫はその日の午後、東京から余り離れてゐない或田舎に轢死《れきし》してゐた。しかも季節に縁のないレエン・コオトをひつかけてゐた。僕はいまもそのホテルの部屋に前の短篇を書きつづけてゐる。真夜中の廊下には誰も通らない。が、時々戸の外に翼の音の聞えることもある。どこかに鳥でも飼つてあるのかも知れない。」

まさに神経の苛立ちがそのまま文章になっているかのように見えるが、視覚的にレインコートが不吉の象徴であるように、翼の音は聴覚的に不吉の象徴であるかのように、この文章は書かれている。この無気味さ、不吉さを表現するには、作者は常に冷静、沈着、明晰であったに違いない。

第二章に入って、「姉の夫は自殺する前に放火の嫌疑を蒙つてゐた。それも亦実際仕かたはなかつた。彼は家の焼ける前に家の価格に二倍する火災保険に加入してゐた。しかも偽証罪を犯した為に執行猶予中の体になつてゐた」という説明がなされ、作中の「僕」は「運命の冷笑」を感じ、「廊下はけふも不相変牢獄のやうに憂鬱だつた」、「僕の堕《お》ちた地獄を感じ」、「神よ、我を罰し給へ。怒り給ふこと勿《なか》れ。恐らくは我滅びん」と祈る。彼は絶望の淵にいて、何者かに復讐されることを覚悟している。不眠症に悩み、多量の睡眠剤を服用し、おそらく斎藤茂吉の青山脳病院と思われる精神病院を訪ねようとして道に迷う、といった挿話が語られる。

第三章では志賀直哉の『暗夜行路』を読みはじめ、主人公の「精神的闘争」を痛切に感じ、「この主人公に比べると、どのくらゐ僕の阿呆だつたかを感じ、いつか涙を流してゐた」という異常な精神の昂ぶりが語られ、この章の最後では、アメリカ人らしい女性が読書し、緑色のドレスを着ていたので、救われたように感じると書いているが、このような感覚は尋常ではない。しかし、そういう尋常ではない、ささくれだった神経を書きとどめている作者は十分に意識的なのであり、そうでなければ、神経異常者の囈言としか読むことはできまい。

第四章にはこんな一節がある。

「僕は十分とたたないうちにひとり又往来を歩いて行つた。アスファルトの上に落ちた紙屑は時々僕等人間の顔のやうにも見えないことはなかつた。」

路上に落ちた紙くずが人間の顔のように見えるというようなことが本当にあるのか。これは芥川の真実の体験だろうが、これをこのように書くためにはよほど精神は強靭でなければなるまい。この文章は次のように続く。

「すると向うから断髪にした女が一人通りかかつた。彼女は遠目には美しかつた。けれども目の前へ来たのを見ると、小皺のある上に醜い顔をしてゐた。のみならず妊娠してゐるらしかつた。僕は思はず顔をそむけ、広い横町を曲つて行つた。」

明らかな厭人癖があり、嫌人癖があるようにみえる。それだけ芥川の孤独はふかかった。

この後、「高等学校以来の旧友」と出会い、『点鬼簿』が病的だと評され、体は善いのか、と聞かれて「不相変薬ばかり嚥んでゐる始末だ」と答えると、旧友が「不眠症は危険だぜ」といい、「僕」は「気違ひの息子には当り前だ」と答える会話が記されている。

第五章には、「なぜ僕の母は発狂したか？　なぜ僕の父の事業は失敗したか？　なぜ又僕は罰せられたか？」を聖書会社の小使いをしている老人と話し合い、また、「僕も亦母のやうに精神病院にはひることを恐れない訣にも行かなかつた」などという感想が記される。『歯車』の最後になる第六章は次のとおり結ばれている。

「三十分ばかりたつた後、僕は僕の二階に仰向けになり、ぢつと目をつぶつたまま、烈しい頭痛をこらへてゐた。すると僕の瞼《まぶた》の裏に銀色の羽根を鱗のやうに畳《たた》んだ翼が一つ見えはじめた。それは実際網膜の上にはつきりと映つてゐるものだつた。僕は目をあいて天井を見上げ、勿論何も天井にはそんなもののないことを確めた上、もう一度目をつぶることにした。しかしやはり銀色の翼はちやんと暗い中に映つてゐた。僕はふとこの間乗つた自動車のラディエエタア・キヤツプにも翼のついてゐたことを思ひ出した。………」

ここでは視覚的に不吉なものの象徴として翼が見えてきているようである。後に見る『或阿呆の一生』の「十九　人工の翼」では「彼」は人工の翼を与えられ、「この人工の翼をひろげ、易やすと空へ舞ひ上つた」と言い、「遮るもののない空中をまつ直に太陽へ登つて行つた。丁度かう云ふ人工の翼を太陽の光りに焼かれた為にとうとう海へ落ちて死んだ昔の希臘人も忘れたやうに」とあるので、ここでも、翼はイカロスの翼のようなむなしい倨傲の象徴とみてよいかもしれない。

この章は次の挿話に続いて『歯車』は終わる。

「そこへ誰か梯子段を慌《あはただ》しく昇つて来たかと思ふと、すぐに又ばたばた駈け下りて行つた。僕はその誰かの妻だつたことを知り、驚いて体を起すが早いか、丁度梯子段の前にある、薄暗い茶の間へ顔を出した。すると妻は伏つ伏したまま、息切れをこらへてゐると見え、絶えず肩を震はしてゐた。

「どうした?」

「いえ、どうもしないのです。………」

妻はやつと顔を擡《もた》げ、無理に微笑して話しつづけた。

「どうもした訣ではないのですけれどもね、唯何だかお父さんが死んでしまひさうな気がしたものですから。………」

それは僕の一生の中でも最も恐しい経験だつた。――僕はもうこの先を書きつづける力を持つてゐない。かう云ふ気もちの中に生きてゐるのは何とも言はれない苦痛である。誰か僕の眠つてゐるうちにそつと絞め殺してくれるものはないか？」

この末尾には「（昭和二・四・七）」と記されている。七月二四日未明に自死するわずか三月ほど前であった。『歯車』は息苦しいほどに凄絶である。ここまで追い詰められた心境から、芥川は自死を選ぶのだが、その秘密に近づくために、自伝的な作品群を読み直してみたい。

6

芥川の自伝的作品の最初は一九二五（大正一四）年一月刊の『中央公論』に発表した『大導寺信輔の半生』である。「或精神的風景画」と副題されたこの作品は、「一　本所」「二　牛乳」「三　貧困」「四　学校」「五　本」「六　友だち」の六章から成る。

「一　本所」の冒頭は「大導寺信輔の生まれたのは本所の回向院の近所だつた。彼の記憶に残つてゐるものに美しい町は一つもなかつた。美しい家も一つもなかつた。殊に彼の家のまはりは穴蔵大工だの駄菓子屋だの古道具屋だのばかりだつた。（中略）彼は勿論かう言ふ町々に憂鬱を感ぜずにはゐられなかつた。しかし又、本所以外の町々は更に彼には不快だつた」という。

「二　牛乳」の冒頭は「信輔は全然母の乳を吸つたことのない少年だつた。元来体の弱かつた母は一粒種の彼を産んだ後さへ、一滴の乳も与へなかつた。のみならず乳母を養ふことも貧しい彼の家の生計には出来ない相談の一つだつた。彼はその為に生まれ落ちた時から牛乳を飲んで育つて来た」という。

「三　貧困」の冒頭は「信輔の家庭は貧しかつた。尤も彼等の貧困は棟割長屋に雑居する下流階級の貧困ではなかつた。が、体裁を繕ふ為により苦痛を受けなければならぬ中流下層階級の貧困だつた。退職官吏だつた、彼の父は多少の貯金の利子を除けば、一年に五百円の恩給に女中とも家族五人の口を餬《こ》して行かなければならなかつた。その為には勿論節倹の上にも節倹を加へなければならなかつた」という。

第一章から第三章までに語ることは、中流下層階級に育ったということに尽きる。ここに「彼の父」というのは養父芥川道章をいう。この養父は東京府に勤め、一八九八年内務省第五（土木）課長を最後に退職した、と全集の注解に記されている。

第三章で「かう言ふ見すぼらしさよりも更に彼の憎んだのは貧困に発した偽りだつた。母は「風月」の菓子折につめたカステラを親戚に進物にした。が、その中味は「風月」所か、近所の菓子屋のカステラだつた」と書き、「彼はいつか貧困に対する憎悪そのものをも憎んでゐた」と言い、「彼は貧困を脱した後も、貧困を憎まずにはゐられなかつた。同時に又貧困と同じやうに豪奢をも憎まずにはゐられなかつた」とも書いている。私は芥川の生涯を考えるとき、この「貧しさ」に対する彼の身についた感覚を忘れてはならない、と考える。

「四　学校」では、その冒頭に「学校も亦信輔には薄暗い記憶ばかり残してゐる。（中略）中学を卒業する頃から、貧困の脅威は曇天のやうに信輔の心を圧しはじめた。彼は大学や高等学校にゐる時、何度も廃学を計画した。けれどもこの貧困の脅威はその度に薄暗い将来を示し、無造作に実行を不可能にした」という。

彼の輝かしい学業を知るとき、芥川がそのような心境にあったとはほとんど信じがたいが、これもかなりに真実を語っているとみるべきだろう。この第四章には、次のような文章も含まれている。「信輔は試験のある度に学業はいつも高点だった。が、所謂操行点だけは一度も六点を上らなかった。」この記述も信じがたい。中学時代の芥川の操行が悪かったとは思われない。学業の成績の良いのを教師が妬んだのであろうか。ともかく無試験で旧制一高に合格しているのだから、一高では操行点を無視したに違いない。実際、操行点などどうでもよいではないか、とも思われるし、一番でなく、三番を越えられなかったことが芥川の自尊心を傷つけたのかもしれないが、これを自尊心の問題としないで、「孤独に堪へる性情を生じた」という回想に意味をみるべきであろう。

第五章の「本」は省き、「六　友だち」にふれたい。その冒頭に「信輔は才能の多少を問はずに友だちを作ることは出来なかつた」という。これも恒藤恭や、『新思潮』の同人たちを考えると、まったく信じがたい。しかし、この第六章の後半では次のようにも書いている。

「信輔は才能の多少を問はずに友だちを作ることは出来なかつた。標準は只それだけだつた。しかしやはりこの標準にも全然例外のない訳ではなかつた。それは彼の友だちと彼との間を截断する社会的階級の差別だつた。信輔は彼と育ちの似寄つた中流階級の青年には何のこだわりも感じなかつた。が、纔かに彼の知つた上流階級の青年には、――時には中流上層階級の青年にも妙に他人らしい憎悪を感じた。」

芥川はここで出自についての彼の強いこだわりを語っているが、どこまで真実であるか。

彼の孤独感が出自に由来すると強弁しているように見えるが、私は彼が孤独な性格であったことを疑うことはできない。

7

彼が次に書いた自伝的回想は『点鬼簿』である。『点鬼簿』は『大導寺信輔の半生』が発表された翌年、一九二六（大正一五）年一〇月刊の『改造』に発表されている。『歯車』の中で、くりかえし、母の狂気を記し、自分も精神病院に入ることを恐れていると記していることはすでに見たとおりであり、早くは『路上』に認めたとおりである。『点鬼簿』は、母、姉、実父の三人の死を記した文章である。その「一」は「僕の母は狂人だつた。僕は一度も僕の母に母らしい親しみを感じたことはない」という衝撃的な文章で始まる。「僕の母は髪を櫛《くし》巻きにし、いつも芝の実家にたつた一人坐りながら、長煙管ですぱすぱ煙草を吸つてゐる。顔も小さければ体も小さい。その又顔はどう云ふ訳か、少しも生気のない灰色をしてゐる。」

「かう云ふ僕は僕の母に全然面倒を見て貰つたことはない。何でも一度僕の養母とわざわざ二階へ挨拶に行つたら、いきなり頭を長煙管で打たれたことを覚えてゐる。しかし大体僕の母は如何にももの静かな狂人だつた。」

芥川は「僕の母の死んだのは僕の十一の秋である」と書き、「深夜、僕の養母と人力車に乗り、本所から芝まで駈けつけて行つた」と記す。

「僕の母は二階の真下の八畳の座敷に横たはつてゐた。僕は四つ違ひの僕の姉と僕の母の枕もとに坐り、二人とも絶えず声を立てて泣いた。」(中略)

僕はその次の晩も僕の母の枕もとに夜明近くまで坐つてゐた。が、なぜかゆうべのやうに少しも涙は流れなかつた。僕は殆《ほとん》ど泣き声を絶たない僕の姉の手前を恥ぢ、一生懸命に泣く真似をしてゐた。(中略)

僕の母は三日目の晩に殆ど苦しまずに死んで行つた。死ぬ前には正気に返つたと見え、僕等の顔を眺めてはとめ度なしにぽろぽろ涙を落した。が、やはりふだんのやうに何とも口は利かなかつた。」

右の文章を含む「一」は、しみじみと心を打つ回想である。ここには、自分も狂人になるのではないか、と怖れていた芥川の母に寄せる、他人事ではない、共感と思慕がこめられている。たとえば、一九二七（昭和二）年三月二八日に斎藤茂吉に寄せた書簡で、芥川が「或は尊台の病院の中に半生を了ることと相成るべき乎」と書いているのは、斎藤茂吉の経営していた青山脳病院の患者として半生を送ることになるのではないか、という不安を率直に語っている。

『点鬼簿』の「二」は彼の生まれる前に夭折した長姉初子の回想だが、直接に長姉を知っていたわけではないためか、感銘は淡い。「三」は実父の回想であり、「巧言令色を弄し」「露骨に実家へ逃げて来いと口説かれた」が、「生憎その勧誘は一度も効を奏さなかつた。それは僕が養家の父母を、――殊に伯母を愛してゐたからだつた」などと書き、少年時の追憶を記した後、臨終の思い出を次のとおり書いている。

「僕が病院へ帰つて来ると、僕の父は僕を待ち兼ねてゐた。のみならず二枚折の屏風の外に悉く余人を引き下らせ、僕の手を握つたり撫でたりしながら、僕の知らない昔のことを、――僕の母と結婚した当時のことを話し出した。それは僕の母と二人で簞笥《たんす》を買ひに出かけたとか、鮨《すし》をとつて食つたとか云ふ、瑣末《さまつ》な話に過ぎなかつた。しかし僕はその話のうちにいつか瞼《まぶた》が熱くなつてゐた。僕の父も肉の落ちた頰にやはり涙を流してゐた。

僕の父はその次の朝に余り苦しまずに死んで行つた。死ぬ前には頭も狂つたと見え「あんなに旗を立てた軍艦が来た。みんな万歳を唱へろ」などと言つた。」

馴染むことができない父親に対して、それでも臨終にさいして瑣末な思い出話に涙ぐむ、肉親の愛情を描いた哀切な文章である。

「四」では谷中の墓地にこれら三人の墓参をしたことを記し、「一体彼等三人の中では誰が幸福だつたらうと考へたりした」と書き、「かげろふや塚より外に住むばかり」の句を引用し、「僕は実際この時ほど、かう云ふ丈草の心もちが押し迫つて来るのを感じたことはなかつた」と結んでいる。死者と生者の幽明を隔てるのは、ただ墓の内にあるか、外にあるかの違いだけなのだ、という感概で芥川は『点鬼簿』を締めくくっている。三人に寄せる情愛の濃淡にかかわらず、やはり死を間近に感じていた作者の感概が私たち読者の心に迫るのである。

8

『或阿呆の一生』は没後残された遺稿であり、発表の可否は君に一任するという、昭和二年六月二〇日付の久米正雄宛ての書面が付されている。

「一　時代」には、名高い「人生は一行のボオドレエルにも若かない」の句が含まれている。

「二　母」の冒頭は何としても引用したい。

「狂人たちは皆同じやうに鼠色の着物を着せられてゐた。広い部屋はその為に一層憂鬱に見えるらしかつた。彼等の一人はオルガンに向ひ、熱心に讃美歌を弾きつづけてゐた。同時に又彼等の一人は丁度部屋のまん中に立ち、踊ると云ふよりも跳ねまはつてゐた。

彼は血色の善い医者と一しよにかう云ふ光景を眺めてゐた。彼の母も十年前には少しも彼等と変らなかつた。少しも、——彼は実際彼等の臭気に彼の母の臭気を感じた。」

芥川自身が発狂を怖れていたことはすでに記したとおりだが、芥川にとって、発狂とは多くの狂人と同様にこうした鼠色の着物を着ることを意味した。そう思いやることが、耐えがたいものであったことは容易に想像されるところである。

「三　家」には「彼は或郊外の二階に何度も互に愛し合ふものは苦しめ合ふのかを考へたりした」とあり、「四　東京」には「隅田川はどんより曇つてゐた。彼は走つてゐる小蒸気の窓から向う島の桜を眺めてゐた。花を盛つた桜は彼の目には一列の襤褸《ぼろ》のやうに憂鬱だつた。が、彼はその桜に、——江戸以来の向う島の桜にいつか彼自身を見出してゐた」とある。サクラに襤褸を見るのは、常識的にいえば、悲惨としかいえないが、芥川の最晩年にはこれが彼の眼に映じたサクラであった。

「九　死体」には次の記述がある。

「死体は皆親指に針金のついた札をぶら下げてゐた。その又札は名前だの年齢だのを記してゐた。彼の友だちは腰をかがめ、器用にメスを動かしながら、或死体の顔の皮を剝ぎはじめた。皮の下に広がつてゐるのは美しい黄いろの脂肪だつた。

彼はその死体を眺めてゐた。それは彼には或短篇を、——王朝時代に背景を求めた或短篇を仕上げる為に必要だつたのに違ひなかつた。」

「二十四　出産」では次のとおり書いている。

「彼は襖側《ふすまぎは》に佇んだまま、白い手術着を着た産婆が一人、赤児を洗ふのを見下してゐた。赤児は石鹼の目にしみる度にいぢらしい顰め顔を繰り返した。のみならず高い声に啼きつづけた。彼は何か鼠の仔に近い赤児の匂を感じながら、しみじみかう思はずにはゐられなかつた。——

「何の為にこいつも生まれて来たのだらう？　この娑婆苦の充ち満ちた世界へ。——何の為に又こいつも己のやうなものを父にする運命を荷つたのだらう?」

しかもそれは彼の妻が最初に出産した男の子だつた。」

『河童』の一挿話や『侏儒の言葉』の一章を想起するはずである。

「三十一　大地震」は関東大震災の後の感想である。

「それはどこか熟し切つた杏の匂に近いものだつた。彼は焼けあとを歩きながら、かすかにこの匂を感じ、炎天に腐つた死骸の匂も存外悪くないと思つたりした。が、死骸の重なり重《かさな》つた池の前に立つて見ると、「酸鼻」と云ふ言葉も感覚的に決して誇張でないことを発見した。殊に彼を動かしたのは十二三歳の子供の死骸だつた。彼はこの死骸を眺め、何か羨ましさに近いものを感じた。「神々に愛せらるるものは夭折す」――かう云ふ言葉なども思ひ出した。彼の姉や異母弟はいづれも家を焼かれてゐた。しかし彼の姉の夫は偽証罪を犯した為に執行猶予中の体だつた。……

「誰も彼も死んでしまへば善い。」

彼は焼け跡に佇んだまま、しみじみかう思はずにはゐられなかつた。」

おそらく自死を決心している心が見た風景であろう。

「四十　問答」はこう書いている。

「なぜお前は現代の社会制度を攻撃するか？

資本主義の生んだ悪を見てゐるから。

悪を？　おれはお前は善悪の差を認めてゐないと思つてゐた。ではお前の生活は？

――彼はかう天使と問答した。尤も誰にも恥づる所のないシルクハットをかぶつた天使と。………」

芥川は明らかにマルクス主義、社会主義、社会改良主義などの新思潮に対して確乎たる位置を決められない。

「四十四　死」で芥川はこう語る。

「彼はひとり寝てゐるのを幸ひ、窓格子に帯をかけて縊死しようとした。が、帯に頸を入れて見ると、俄かに死を恐れ出した。それは何も死ぬ刹那の苦しみの為に恐れたのではなかつた。彼は二度目には懐中時計を持ち、試みに縊死を計ることにした。するとちよつと苦しかつた後、何も彼もぼんやりなりはじめた。そこを一度通り越しさへすれば、死にはひつてしまふのに違ひなかつた。彼は時計の針を検べ、彼の苦しみを感じたのは一分二十何秒かだつたのを発見した。窓格子の外はまつ暗だつた。しかしその暗の中に荒あらしい鶏の声もしてゐた。」

ここまで書いている芥川には、もう自死も間近い感がある。次の「四十六　譃」も悲惨である。

「彼の姉の夫の自殺は俄かに彼を打ちのめした。彼は今度は姉の一家の面倒も見なければならなかつた。彼の将来は少くとも彼には日の暮のやうに薄暗かつた。彼は彼の精神的破産に冷笑に近いものを感じながら、（彼の悪徳や弱点は一つ残らず彼にはわかつてゐた。）不相変いろいろの本を読みつづけた。しかしルツソオの懺悔録さへ英雄的な譃に充ち満ちてゐた。」

「絞罪を待つてゐるヴィヨンの姿は彼の夢の中にも現れたりした。彼は何度もヴィヨンのやうに人生のどん底に落ちようとした。が、彼の境遇や肉体的エネルギイはかう云ふことを許す訣はなかつた。彼はだんだん衰へて行つた。丁度昔スウイフトの見た、木末から枯れて来る立ち木のやうに。………」

前に引用した斎藤茂吉宛て一九二七（昭和二）年三月二八日付書簡の末尾に芥川は「唯今の小生に欲しきものは第一に動物的エネルギイ、第二に動物的エネルギイ、第三に動物的エネルギイのみ」と書いている。まさに生きる意欲の衰えを何とかしなければならないと感じていたのであった。

私は芥川が最後に抱いていた思想を見るために、『或阿呆の一生』からいくつかの断章を抜き出している。「四十九　剝製の白鳥」を読みたい。

「彼は最後の力を尽し、彼の自叙伝を書いて見ようとした。が、それは彼自身には存外容易に出来なかつた。それは彼の自尊心や懐疑主義や利害の打算の未だに残つてゐる為だつた。彼はかう云ふ彼自身を軽蔑せずにはゐられなかつた。しかし又一面には「誰でも一皮剝いて見れば同じことだ」とも思はずにはゐられなかつた。「詩と真実と」と云ふ本の名前は彼にはあらゆる自叙伝の名前のやうにも考へられ勝ちだつた。のみならず文芸上の作品に必しも誰も動かされないのは彼にははつきりわかつてゐた。彼の作品の訴へるものは彼に近い生涯を送つた彼に近い人々の外にある筈はない。——かう云ふ気も彼には働いてゐた。彼はその為に手短かに彼の「詩と真実と」を書いて見ることにした。

彼は「或阿呆の一生」を書き上げた後、偶然或古道具屋の店に剝製の白鳥のあるのを見つけた。それは頸を挙げて立つてゐたものの、黄ばんだ羽根さへ虫に食はれてゐた。彼は彼の一生を思ひ、涙や冷笑のこみ上げるのを感じた。彼の前にあるものは唯発狂か自殺かだけだつた。彼は日の暮の往来をたつた一人歩きながら、徐ろに彼を滅しに来る運命を待つことに決心した。」

芥川は剝製の白鳥に自画像を見ているのである。

『或阿呆の一生』は「五十一　敗北」で終わる。

「彼はペンを執る手も震へ出した。のみならず涎さへ流れ出した。彼の頭は〇・八のヴェロナアルを用ひて覚めた後の外は一度もはつきりしたことはなかつた。しかもはつきりしてゐるのはやつと半時間か一時間だつた。彼は唯薄暗い中にその日暮らしの生活をしてゐた。言はば刃《は》のこぼれてしまつた、細い剣《つるぎ》を杖にしながら。」

このような寂寥と孤独感の果てで芥川は死を選ぶこととなる。

9

芥川の遺書と目されるものは五通と全集の後記に記載されている。文子夫人宛て三通、わが子等宛て一通、菊池寛宛てと思われる一通が全集に収められている。いずれも私たちの心を揺さぶらないでおかないものだが、文子夫人宛ての中に

一、生かす工夫絶対に無用。
二、絶命後小穴君に知らすべし。絶命前には小穴君を苦しめ并せて世間を騒がす惧れあり。
三、絶命すまで来客には「暑さあたり」と披露すべし。
四、下島先生と御相談の上、自殺とするも病殺とするも可。若し自殺と定まりし時は遺書（菊池宛）を菊池に与ふべし。然らざれば焼き棄てよ。他の遺書（文子宛）は如何に関らず披見し、出来るだけ遺志に従ふやうにせよ。
五、遺物には小穴君に蓬平の蘭を贈るべし。又義敏に松花硯（小硯）を贈るべし。
六、この遺書は直ちに焼棄せよ。

とあるのは、壮絶、言葉もない、という感がある。また、「わが子等に」の全文は次のとおりである。

一　人生は死に至る戦ひなることを忘るべからず。
二　従つて汝等の力を恃むことを勿れ。汝等の力を養ふを旨とせよ。

三　小穴隆一を父と思へ。従つて小穴の教訓に従ふべし。
四　若しこの人生の戦ひに破れし時には汝等の父の如く自殺せよ。但し汝等の父の如く　他に不幸を及ぼすを避けよ。
五　茫々たる天命は知り難しと雖も、努めて汝等の家族に恃まず、汝等の欲望を抛棄せよ。是反つて汝等をして後年汝等を平和ならしむる途なり。
六　汝等の母を憐憫せよ。然れどもその憐憫の為に汝等の意志を枉ぐべからず。是亦却つて汝等をして後年汝等の母を幸福ならしむべし。
七　汝等は皆汝等の父の如く神経質なるを免れざるべし。殊にその事実に注意せよ。
八　汝等の父は汝等を愛す。（若し汝等を愛せざらん乎、或は汝等を棄てて顧みざるべし。汝等を棄てて顧みざる能はば、生路も亦なきにしもあらず）

私はこうした遺書を読むとほとんど涙ぐむ思いがある。この他、文子夫人宛ての別の遺書の一項目にある
「あらゆる人々の赦さんことを請ひ、あらゆる人々を赦さんとするわが心中を忘るる勿れ。」

という文章も感銘がふかい。

だが、どうして芥川は自死を選んだか。『歯車』『或阿呆の一生』で、もう自死しなければならない心境に追いこまれていたことは窺い知ることができるけれども、こうした心境と自死を敢行することの間には飛躍がなければならない。没後に発表された遺稿の一つに『或旧友へ送る手記』がある。この中で、芥川は次のように書いている。

「自殺者は大抵レニエの描いたやうに何の為に自殺するかを知らないであらう。それは我々の行為するやうに複雑な動機を含んでゐる。が、少くとも僕の場合は唯ぼんやりした不安である。何か僕の将来に対する唯ぼんやりした不安である。」

芥川が自死を敢行するまで、かなりに揺れていたことは、やはり遺稿の一つである『闇中問答』の末尾に「僕」の言葉として、

「芥川龍之介！　芥川龍之介、お前の根をしつかりとおろせ。お前は風に吹かれてゐる葦だ。空模様はいつ何時変るかも知れない。唯しつかり踏んばつてゐろ。それはお前自身の為だ。同時に又お前の子供たちの為だ。うぬ惚れるな。同時に卑屈にもなるな。これからお前はやり直すのだ。」

とあることからもわかり、ここでは自死を思い止まっているように見える。しかし、自死

したことに間違いはないし、それには彼が『或旧友へ送る手記』で書いたように「複雑な動機」があったに違いない。

その一つには金銭的な苦労があった。『或阿呆の一生』の「四十六　譃」に「彼の姉の夫の自殺は俄かに彼を打ちのめした。彼は今度は姉の一家の面倒も見なければならなかった」とあるが、この姉の夫は元来は弁護士であって、偽証教唆罪に問われて執行猶予中に家が火事になり、家の価値の二倍もの額の火災保険に加入していたために詐欺の容疑をうけていたし、高利の借金をしていたという。そういう面倒を見なければならない、芥川の家庭の事情があった。

また、『侏儒の言葉』などに見られるように、彼は「遺伝」を恐れていたが、それは専ら母の狂気が遺伝しているのではないか、という危惧に由来することもすでに見てきたとおりである。

しかも、神経衰弱のために不眠症であった。彼の不眠症は一九二一（大正一〇）年に始まり、終始、神経を痛めていたが、たとえば一九二六（大正一五）年一一月二八日付の斎藤茂吉宛て書簡で「御手紙ならびにオピアムありがたく頂戴仕り候」と書いている。オピアムは阿片である。同年一二月四日にも「毎度御配慮を賜り、ありがたく存じます。オピアム毎日服用致し居り、更に便秘すれば下剤をも用ひ居り、なほ又その為に痔が起れば座薬を用ひ居ります」と書き、下島勲医師には同年一二月五日「かひもなき眠り薬や夜半の冬」の句を送った「二伸」に「毎度お薬をありがたう存じます」と書き、一二月一三日には斎藤茂吉に「冠省、まことに恐れ入り候へども、鴉片丸乏しくなり心細く候間、もう二週間分ほど田端四三五小生宛お送り下さるまじく候や。右願上候」と書き、一二月一九日には「お薬お送り下され、ありがたく存候」と斎藤茂吉に礼状を書いている。

阿片丸の服用がどれほど効果があるか、また、有害ではないのか、私は無智だが、斎藤茂吉が阿片丸を常用していたことは『あらたま』所収の一九一六(大正五)年の作に

胸《むな》さやぎ今朝《けさ》とどまらず水《みづ》もちて阿片丸《オピユームぐわん》を呑《の》みこみにけり

の作があることからも知られるので、芥川も斎藤茂吉に頼みこんだのであろう。

翌一九二七(昭和二)年一月一六日には阿片の礼ではなく、「親戚中に不幸起り、東奔西走致しをる次第」と知らせているのは、例の姉の夫の自死による借金の後始末のための苦労を言っているに違いない。

しかし、一月二八日には、また斎藤茂吉に「ソレカラVeronalとNeuronalともおとり置き下さるまじく候やこちらのお医者に頼む事は阿片丸を頂きをり候ことも申居らず候為ちと具合悪く候へばよろしくお取り計らひ下さらば幸甚に存候」と書いている。

これ以上の引用は止めるが、この類の書簡はまだまだ数多い。上島医師からヴェロナール等の睡眠薬を貰って服用し、上島医師には秘密に斎藤茂吉からも阿片丸、睡眠薬を貰っていたのであり、かなりに常識外れの多量摂取のように見える。これが彼の不眠症を改善するのに役立つよりは、むしろ精神を蝕むことにつながったのではないか、と私は考える。

それに一九二一（大正一〇）年に『大阪毎日新聞』の依頼により上海、武漢、南京、北京等の中国各地を旅行したが、旅行前から健康を害しており、中国旅行後、著しく体力を消耗していたこと、いわゆる円本『現代日本文学全集』が改造社から刊行され、その宣伝のために多くの地方都市を講演してまわったために疲れはてていたという事情もあったし、その他、身辺の多くの事情が彼を肉体的、精神的に追いつめたことも間違いない。

ただ、芥川の「ぼんやりした不安」の理由は、こうした一身上の事情だけでは説明できないのではないか。一つには、当時、わが国は経済的不況にあった。第一次世界大戦による好況の反動として、一九二一（大正一〇）年ころからわが国経済は停滞し、そのまま昭和初期の世界的な金融恐慌に入った。思想的にはいわゆる十月革命により一九一七（大正六）年、レーニン指導のボルシェビキ支配によるソビエト連邦が成立し、それこそ世界を震撼させた。その影響でマルクス主義をはじめ無政府主義、社会改良主義等の社会改革を目指す多くの運動が始まり、ストライキ、農民運動等が頻発、こうした社会的活動に対抗して日本政府は治安維持法を、普通選挙法と抱き合わせで、大正一四（一九二五）年に成立させた。ヨーロッパでもシュペングラーが一九一八年・一九二二年に出版した『西洋の没落』が大きな話題をよび、ヨーロッパの社会構造や、支配的思想に対する疑念が高まっていた。いわば、わが国はもちろん、世界的に思想的に混迷していた。芥川は一九二三（大正一二）年一一月号の『新潮』の「創作合評第八回」で「兎に角今の英吉利のやうにちつとも血を流さないで社会主義的に進めば大変いゝと思ふ」と発言していることからみて、どちらかといえば、英国的な社会改良主義に傾いていたように見えるが、それもこの時点での思いつきにすぎないかもしれない。

また、文壇的にいえば、わが国文壇において支配的であった自然主義が退潮した後、武者小路実篤、志賀直哉らの白樺派が新風を吹き込み、次いで、芥川、久米、菊池らが登場したが、すぐ後から川端康成、横光利一ら新感覚派が台頭し、芥川らはそのはざまに立っていた。

日本社会は何処へ行くか、世界は何処へ行くか、文学は何を目指すべきか、まさに危機的状況にあった。このような状況は現在の私たちが置かれている状況と同じである。真面目に考えれば考えるほど、私たちは不安を深くする。そういう状況がもたらす心情と、芥川の個人的な苦境に由来する心境が絡み合って、彼を自死に追いつめた、と私は考えている。

詩歌考

I

一九二〇（大正九）年九月二二日付小穴隆一宛て書簡において、芥川龍之介は次の三首の短歌を記している。

赤らひく肌《はだへ》ふりつゝ河童らはほのぼのとして眠りたるかも
この川の愛《めぐ》し河童は人間をまぐとせしかば殺されにけり
短夜の清き川瀬に河童われは人を愛《かな》しとひた泣きにけり

これらの短歌に添え、「この頃河童の画をかいてゐたら河童が可愛くなりました　故に河童の歌三首作りました　君の画の御礼に僕の画をお目にかけ併せて歌を景物とします以上」と書き、同日付絵葉書に二匹の河童を描いて小穴に送っている。

全集の注解には、短歌第二首の「まぐ」は「覓ぐ。追い求める」の意とあり、「この頃河童の画をかいてゐたら」に関して「芥川は多くの河童の絵を残しているが、この頃から描き始めた」と注し、文末の「景物」は「景品。商品」の意と記している。
ひき続き同年一〇月二七日、空谷と号した俳人でもある主治医下島勲に宛て、「その後売文糊口の為匆忙たる日を送り居り候へどもたまたま興を得川童の歌少し作り候間御めにかけ候　御笑ひ下され度そろ」と前書して次の八首を送っている。

川郎のすみけむ川に芦は生ひその芦の葉のゆらぎやまずも
赤らひく肌もふれつゝ河郎の妹背はいまだ眠りて居らむ
わすらえぬ丹《ニ》の穂《ホ》の面輪見まくほり川べぞ行きし河郎われは
人間の女《メ》をこひしかばこの川の河郎の子は殺されにけり
いなめの波たつなべに河郎は目蓋冷たくなりにけらしも
川底の光消えたれ河郎は水《ミ》こもり草に眼をひらくらし
水底の小夜ふけぬらし河郎のあたまの皿に月さし来る
岩根まき命《イノチ》終りし河郎のかなしき瞳をおもふにたへめや

「川郎」は河童の異名、「赤らひく」は赤い色を帯びる、赤みがさすの意、「いななめ」の意は確かでないが、「いななみ」について『日本国語大辞典 第二版』には「風が吹いて、稲がなびくさまを波に見たてていう語」とあり、『日葡辞書』を用例に引いているので、風に吹かれて稲がなびくように川が波立つ、という意味で用いたのかもしれない。

芥川が発表した最初の文章は一九一四（大正三）年二月刊の『新思潮』に掲載されたアナトール・フランスの翻訳『バルタザアル』であり、次いで発表したのが同年四月刊の『心の花』に掲載された随筆『大川の水』である。いずれも柳川隆之介という筆名で発表され、生前、単行本に収められなかったが、『大川の水』は事実上芥川の処女作と見てよい。

「自分は、大川端に近い町に生まれた」と書きおこし、「幼い時から、中学を卒業するまで、自分は殆《ほとんど》毎日のやうに、あの川を見た。水と船と橋と砂洲と、水の上に生まれて水の上に暮してゐるあわたゞしい人々の生活とを見た」と書き、次のように回想している。

「自分は幾度となく、青い水に臨んだアカシアが、初夏のやはらかな風にふかれて、ほろほろと白い花を落とすのを見た。自分は幾度となく、霧の多い十一月の夜に、暗い水の空を寒むさうに鳴く、千鳥の声を聞いた。自分の見、自分の聞くすべてのものは、悉、大川に対する自分の愛を新にする。丁度、夏川の水から生まれる黒蜻蛉《くろとんぼ》の羽のやうな、をのゝき易い少年の心は、其度に新な驚異の眸を見はらずにはゐられないのである。殊に夜網の船の舷《ふなばた》に倚つて、音もなく流れる、黒い川を凝視《みつ》めながら、夜と水との中に漂ふ「死」の呼吸を感じた時、如何に自分は、たよりのない淋しさに迫られたことであらう。」

「自分が小供の時に比べれば、河の流れも変り、蘆荻《ろてき》の茂つた所々の砂洲も跡方なく埋められてしまつたが、此二つの渡しだけは、同じやうな底の浅い舟に、同じやうな老人の船頭をのせて、岸の柳の葉のやうに青い河の水を、今も変りなく日に幾度か横ぎつてゐるのである。自分はよく、何の用もないのに、此渡し船に乗つた。水の動くのにつれて、揺籃のやうに軽く体をゆすられる心ちよさ。殊に時刻が遅ければ遅い程、渡し船のさびしさとうれしさとがしみじみと身にしみる。」

「けれ共、自分を魅するものは独り大川の水の響ばかりではない。自分にとつては、此川の水の光が殆、何処にも見出し難い、滑さと暖さとを持つてゐるやうに思はれるのである。」

「殊に日暮、川の上に立こめる水蒸気と次第に暗くなる夕空の薄明《うすあかり》とは、この大川の水をして殆、比喩を絶した、微妙な色調を帯ばしめる。自分はひとり、渡し船の舷に肘をついて、もう靄の下りかけた、薄暮の川の水面を何と云ふ事もなく見渡しながら、其暗緑色の水のあなた、暗い家々の空に大きな赤い月の出を見て、思はず涙を流したのを、恐らく終世忘れることが出来ないであらう。」

この随筆で、芥川は河童について一言もふれていないけれども、幼い頃から中学を卒業するまで、大川、いまの隅田川のほとりで育った芥川は、始終、河童についての多くの民間伝承を耳にしていた。一九二七（昭和二）年五月に『東京日日新聞』に連載した『本所両国』という文章中「乗り継ぎ「一銭蒸汽」」と題する一章がある。文中「僕の小学時代に大川に浪を立てるものは「一銭蒸汽」のあるだけだつた」と書き、「僕は船端に立つたまま、鼠色に輝いた川の上を見渡し、確広重も描いてゐた河童《かつぱ》のことを思ひ出した。河童は明治時代には、――少くとも「御維新」前後には大根河岸《だいこんがし》の川にさへ出没してゐた。僕の母の話によれば、観世新路《くわんぜしんみち》に住んでゐた或男やもめの植木屋とかは子供のおしめを洗つてゐるうちに大根河岸の川の河童に脇の下をくすぐられたといふことである。（観世新路に植木屋の住んでゐたことさへ僕等にはもう不思議である。）まして大川にゐた河童の数は決して少くなかつたであらう」と書いている。

文中の「僕の母」は養母儔《とも》、幕末の大通細木香以（津藤）の姪で、江戸の古い話に通じていた、と全集の注解に記されている。何故観世河岸に植木屋が住んでいたのが不思議なのか、私たちには分らないが、彼には川は親しく、懐しく、その風景に時に涙するほどのものであり、同時に、死と寂寥を感じさせる自然であった。下島宛て書簡で送った短歌第一首の芦の生い茂った川辺の不気味な恐怖を幼い芥川は感じたにちがいない。そういう芥川にとって、河童は架空とは言いきれない、身近な生物だったのではないか。

それにしても、小穴に宛て、下島に宛てて送った短歌に描かれた河童は、いじらしく、哀しく、可憐である。小穴宛て書簡で書いたように、芥川は河童が可愛くなって、これらの短歌は詠まれたのであろう。ここでうたわれた河童は、晩年の創作『河童』に登場する河童たちが多弁で、行動的で、思弁的であるのとは、かなりに違っている。こういう架空の生物をここまで生き生きと、具象的に、愛惜の情をこめて、うたいあげた芥川の短歌の独創性と表現力は、尋常な才能ではない。

ただ、芥川の脳裏に河童が生まれることとなった背景として、同年九月二三日付で佐佐木茂索宛てに送った次の短歌にみられるような心境があったのではないか。

腸の腐る病と聞きければわが腹さへも痒くなりにけり
氷嚢の下にまなこをつぶりつゝわが脳味噌の腐る日おもほゆ
もう少しまじめに歌を考へん熱はあれども頭は鋭き
入つ日にさ庭の草のけむるときわが脳味噌の腐るを気づかふ
目なかひにかゞやく星の今宵赤し人の腸腐れんとすも
屋根草のうら枯早み腐れたる腸持ちて生くる人あり

同年一〇月一日付小島政二郎宛て書簡に「茂索腸の腐る病の由驚きましたがさうでない由にて安心」とあるので、佐佐木茂索に右の短歌を送った当時、佐佐木が腸が腐る病気に罹ったと聞いて、見舞の挨拶のために、これらの短歌を作ったのであろう。ただ、第二首、第四首で「わが脳味噌の腐る」日を思い、気づかっていることは只事ではない。

芥川を論じるさい、必ずふれざるをえない事実として、彼の実母、新原フクが彼の生後約半年で突然発狂し、そのため彼はフクの兄、芥川道章にひきとられ、実質的には、フクの姉で生涯未婚であった伯母フキに養育されたことが知られている。実母の狂気が遺伝し、自分も発狂するのではないか、と芥川が危惧していたことも知られている。「脳味噌」が腐る、とは発狂することを意味するにちがいない。

そこで河童の歌に戻ると、「短夜の清き川瀬に河童われは人を愛《かな》しとひた泣きにけり」と小穴宛て三首中にうたい、「川べぞ行きし河郎われは」と下島宛て八首中にうたったように、河童と自身とを同視している。狂気を怖れ、人間界を超越した、別世界の生物と自己を同視したいという願望を、ここに認めるべきではないか。しかし、そういう河童は「人間の女《メ》をこひしかばこの川の河郎の子は殺されにけり」とあるように、人間の世界に生きることは許されない。このように分裂した自我として、芥川の河童は生まれた。一九二〇（大正九）年ころ以降、芥川が始終河童の絵を描いたのは、河童をいとしむことによって、彼の生が慰められ、癒されたからであった。晩年の作品『河童』で登場する河童たちは痛烈に人間社会を批判するが、それは芥川の心の中での河童の変貌であると同時に、芥川の魂の危機の象徴でもあった。

私はこのように芥川の河童の歌を読み、ふかい感銘を覚える。

2

「僕の詩歌に対する眼は誰のお世話になつたのでもない。斎藤茂吉にあけて貰つたのである。もう今では十数年以前、戸山の原に近い借家の二階に「赤光」の一巻を読まなかつたとすれば、僕は未だに耳木兎《みみづく》のやうに、大いなる詩歌の日の光をかい間見ることさへ出来なかつたであらう。」

「ゴッホの太陽は幾たびか日本の画家のカンヴアスを照らした。しかし「一本道」の連作ほど、沈痛なる風景を照らしたことは必しも度たびはなかつたであらう。」

右は一九二四（大正一三）年三月刊の『女性改造』に芥川が発表した『斎藤茂吉』からの抜粋である。この文章で芥川は、いかに『赤光』に感動したかを率直に語ったが、斎藤茂吉もこの文章によって、歌壇を超えた大文学者と評価されることとなった。

　それ故、芥川の短歌が茂吉の強い影響をうけたのも当然であった。一例として、一九一五（大正四）年六月二九日付で井川恭（後の恒藤恭）に宛てた書簡中の作八首を引用する。

　うき人ははるかなるかもわが見守《みも》る茄子の花はほのかなるも《（ママ）》

あぶら火の光にそむきたどたどといらへする子をあはれみにけり
庖厨の火かげし見ればかなしかる人の眉びきおもほゆるかも
薬屋の店に傴僂《くぐせ》の若者は青斑猫を数へ居りけり
うつゝなく入日にそむきおづおづと切支丹坂をのぼりけるかな
流風入日の中にせん〳〵と埃ふき上げまひのぼる見ゆ
思ひわび末燈抄をよみにけりかひなかりけるわが命はや
これやこの粉薬のみていぬる夜の三日四日《みかよか》まりもつゞきけらずや

第八首の「三日四日まりも」は三日四日余りも、の意である。発想も、語彙も、声調も、まるで茂吉の模倣であって、いかなる新鮮さもみられない。意識的に模倣した習作かもしれないが、芥川ほどの才気、学識をもってしても、これほど貧しい作があることは、たとえ友人宛て私信に記されたものとしても、私たち凡庸な者にとっては心の安らぎを感じてよいかもしれない。

ただ、一九二六（大正一五）年一二月刊の『梅・馬・鶯』に収めた短歌は右の作ほど拙いものではない。ここには「戯れに河郎の図を作りて」と前書した

橋の上ゆ胡瓜《きうり》なぐれば水ひびきすなはち見ゆる禿《かぶろ》のあたま

が収められている。これは一九二五（大正一四）年一二月二九日付小手川金次郎宛て書簡に記した二首中の一首であり、もう一首は

わがめづる河の太郎を画にかけり怖くなくとも少し怖がれ

である。河太郎も河童の異名だが、戯れ歌としても、興趣がない。『梅・馬・鶯』に戻ると、

さ庭べに冬立ち来らし椎の木の葉うらの乾きしるくなりけり
わが庭はかれ山吹の青枝のむら立つなべにしぐれふるなり
遠山《とほやま》にかがよふ雪のかすかにも命を守《も》ると君に告げなむ
春雨はふりやまなくに浜芝の雫《しづく》ぞ見ゆるねてはをれども

わが前を歩める犬のふぐり赤しつめたからむとふと思ひたり

などが読むにたえる作である。ことに「わが前を」は、芥川の短歌の中でも、注目に値する佳作であろう。

3

しかし、私が芥川の短歌中、もっとも心を惹かれるのは次の五首である。これらは一九二六（大正一五）年一二月四日付斎藤茂吉宛て書簡に記されている。

文書カンココロモ細リ炭トリノ炭ノ木目ヲ見テヲル我ハ
小夜フカク厠ノウチニ樟脳ノ油タラシテカガミヲル我ハ
夜ゴモリニ白湯《サユ》ヲヌルシト思ヒツツ眠リ薬ヲノマントス我ハ
タマユラニ消ユル煙草ノ煙ニモ vita brevis ヲ思《モ》ヒヲル我ハ

枕ベノウス暗ガリニ歪ミタル瀬戸ヒキ鍋ヲ恐ルル我ハ

これらの歌を記した後、「これは近況御報告まで。勿論この紙に臨んでこしらへたものです。歌と思つて読んではいけません」と書き添えている。ただ、この書簡の冒頭がこれらの作の鑑賞のためにはもっと重要かもしれない。「晩年の作品考」でも引いたが、再度引用する。

「冠省　原稿用紙にて御免下さい。毎度御配慮を賜り、ありがたく存じます。オピアム毎日服用致し居り、更に便秘すれば下剤をも用ひ居り、なほ又その為に痔が起れば座薬を用ひ居ります。（中略）僕のは碌なものは出来さうもありません。少くとも陰鬱なものしか書けぬことは事実であります」

芥川は精神科医であった茂吉から阿片丸を入手していた。健康は極限状態に近いが、「陰鬱なもの」は当時執筆中であった、芥川生涯の傑作の一つ『玄鶴山房』であると全集の注解にある。

右の「我ハ」五首について、芥川と一高の同級生であり、第三次『新思潮』で同じく同人であった土屋文明は次のとおり評している。

「「我ハ」と結句を繰りかへし用ゐたのは直ちに子規の「我は」を連想してそこに幾分形式的の感じを起させないでもないが、此の一連は全体としては形式的な感じが極めて少く、作者が平気でものを言つて居る。真の作者の地声をきくやうな感がする。勿論これは芥川氏の短歌中唯一のものでなく、尚幾つか同じ様のものを探す事は出来るのであるが、最晩の作がかういふもので終つて居るのは無意味ではないやうに私には思はれるのである。この軌道に乗つて作者の興味と生命とが続いたなら、芥川龍之介の叫びが短歌形式によつて、なほ幾多の作品となつて残つたのではないかと思はれる。」（『文学』昭和九年一一月号所収「芥川龍之介の短歌」）

文中「子規の「我は」」とあるのは

吉原の太鼓聞えて更くる夜にひとり俳句を分類すわれは
人皆の箱根伊香保と遊ぶ日を庵《いほ》に籠りて蠅殺すわれは

などをふくむ一八九八（明治三一）年の「われは」九首をいう。私にはこの文明の批評は若干理解しがたいし、納得しがたい。「真の作者の地声をきくやうな感がする」というのは同感である。しかし、「最晩の作がかういふもので終つて居るのは無意味ではないやうに私には思はれる」、つまり芥川が最晩年こういう歌を作ったのは無意味ではない、という表現は二重否定だから、芥川が最晩年にこういう境地に行き着いたのは意味がある、と解すれば、最晩年である以上もうその先はないので、「この軌道に乗つて作者の興味と生命とが続いたなら」と言うことは、それこそ無意味である。子規の「われは」九首には、子規の昂然たる自己主張がある。芥川の作品には孤影悄然、周辺のあらゆる物象に違和感、恐怖感を覚えている作者がいる。まさに『歯車』等の作者のはりつめて痛々しい神経が、これらの歌に結晶している。ここに私は芥川の独自性をみている。

芥川は、これらの作を斎藤茂吉宛てに送った直後の一二月五日の室生犀星宛て書簡に

門《カド》ノベノウス暗ガリニ人ノヰテアクビセルニモ恐ルル我ハ

の作を、前掲「文書カン」「小夜フケテ（「フカク」を改作）」の二首とともに記している。芥川の「我ハ」連作は右をあわせて六首とみるべきだろう。これもつらく痛々しい作である。

翌一九二七（昭和二）年一月一六日、斎藤茂吉に「親戚中に不幸起り、東奔西走しをる次第、悪しからず御無沙汰をおゆるし下さい」と書き、「来世には小生も砂に生まれたし。然らずば、」と書き

来ム世ニハ水ニアレ来ン軒ノヘノ垂水トナルモココロ足ラフラン

と記している。私はこの切々たる思いに胸を衝かれる。

4

芥川龍之介の詩歌について語るばあい、一九二五（大正一四）年三月刊行の『明星』に発表した「越びと　旋頭歌二十五首」を逸することはできない。その第一部三首をまず引用する。

あぶら火のひかりに見つつこころ悲しも、
み雪ふる越路のひとの年ほぎのふみ。

×

むらぎものわがこころ知る人の恋しも。
み雪ふる越路のひとはわがこころ知る。

×

現《うつ》し身を歎けるふみの稀になりつつ、
み雪ふる越路のひとも老いむとすあはれ。

調べがじつにのびやかでよどみない。これは若者の切迫した恋歌ではない。脂ぎった肉体とは無縁な、清冽な恋心の作である。「越路のひと」が片山廣子、芥川より十四歳年長であったことはひろく知られている。こうした恋うたの形式として旋頭歌はふさわしいのかもしれない。五七七五七七という調べが、いかにもしみじみと私たちに訴えるのである。第一部三首についていえば、三首とも下句を「み雪ふる越路のひと」とうたいだし、しかも、それぞれ異なった情趣を展開した技巧は、やはり芥川の才気ならではと思わせる。

第二部は

うち日さす都を出でていく夜ねにけむ。
この山の硫黄の湯にもなれそめにけり。

と沈静にうたいだし、

何しかも寂しからむと庭をあゆみつ、
ひつそりと羊歯《しだ》の巻葉《まきば》にさす朝日はや。

といった憂愁を定着しながら

ゐましげに君と語らふ君がまな子を
ことわりにあらそひかねてわが目守《まも》りをり。

×

腹立たし君と語れる医者の笑顔は。
馬じもの嘶《いば》ひわらへる医者の歯ぐきは。

の如き嫉妬をうたっているのは、心情は理解できるが、二五首中、若干の調和を乱している感を覚える。なお、「馬じも」は接尾語、馬のようなの意、と全集の注解にある。また、片山廣子の夫、片山貞次郎は後に日本銀行理事をつとめた人物であり、医者ではない。むしろ第三部の

ひたぶるに昔くやしも、わがまかずして、
垂乳根《たらちね》の母となりけむ、昔くやしも。

の、「わがまかずして」は「私と共寝しないで」の意と全集の注解にあるとおりだが、この抑制された感情の表現をみるべきだろう。「越びと」二五首中の白眉は最後の次の二首とみてよい。

今日もまたこころ落ちゐず黄昏《たそが》るるらむ。
向うなる大き冬木は梢《うら》ゆらぎをり。

×

門《かど》のべの笹吹きすぐる夕風の音、
み雪ふる越路のひともあはれとは聞け。

旋頭歌という誰も顧みない形式によって、これほどに完成した作品を遺した芥川龍之介の豊かな才能に私はただ嘆声を発するのみである。

5

芥川が生前発表した口語自由詩に「棕櫚《しゅろ》の葉に」がある。

風に吹かれてゐる棕櫚《しゅろ》の葉よ

お前は全体もふるへながら、
縦に裂けた葉も一ひらづつ
絶えず細かにふるへてゐる。
棕櫚の葉よ。俺の神経よ。

一九二六（大正一五）年七月刊の『詩歌時代』に発表した作品だが、全集の「詩歌未定稿」の部に収められた「おれの詩」が、似た感情をうたっている。

おれの頭の中にはいつも薄明い水たまりがある。
水たまりは滅多に動いたことはない。
おれはいく日もいく日も薄明い水光りを眺めてゐる。
と、突然空中からまつさかさまに飛びこんで来る、
目玉ばかり大きい青蛙！
おれの詩はお前だ。
おれの詩はお前だ。

この詩は末尾二行は余計かもしれない。あるいは、もっと洗練し、推敲する余地がある。しかし、萩原朔太郎と共通した鋭くとぎすまされた感性が社会と対峙していることは間違いない。芥川が萩原朔太郎を評して「詩的アナアキスト」と言い、「「月に吠える」、「青猫」等の一代の人目を聳動した、病的に鋭い感覚もその表現を導き出したものは或はこの芸術上のアナアキズムに発してゐるのであらう」と言い、「萩原君は今日の詩人たちよりも恐らくは明日の詩人たちに大きい影響を与へるであらう」と評価しているのも、相似た病的に鋭い感覚を持っていたからではないか。

たとえば、次の「Melancholia」（全集「詩歌未定稿」所収）も、朔太郎と似た感覚の所産である。

この田舎路はどこへ行くのか？

唯憂鬱な畑の土に細い葱ばかり生えてゐる。

わたしは当どもなしに歩いて行く、
唯憂鬱な頭の中に剃刀の光りばかり感じながら。

6

芥川の詩の中でおそらくもっとも知られているのは、次の「相聞」（全集「詩歌未定稿」所収）三作の中の「三」であろう。

相聞　一

あひ見ざりせばなかなかに
そらに忘れてやまんとや。
野べのけむりも一すぢに
立ちての後はかなしとよ。

相聞　二

風にまひたるすげ笠の
なにかは路に落ちざらん。
わが名はいかで惜しむべき。
惜しむは君が名のみとよ。

相聞　三

また立ちかへる水無月の
歎きを誰にかたるべき。
沙羅のみづ枝に花さけば、
かなしき人の目ぞ見ゆる。

修善寺滞在中の芥川が室生犀星宛てに一九二五（大正一四）年四月一七日付で、「詩の如きものを二三篇作り候間お目にかけ候。よければ遠慮なくおほめ下され度候」と書いて送った詩二篇は次のとおりである。

歎きはよしやつきずとも
君につたへむすべもがな。
越《こし》のやまかぜふき晴るる
あまつそらには雲もなし。

また立ちかへる水無月の
歎きをたれにかたるべき
沙羅のみづ枝に花さけば、
かなしき人の目ぞ見ゆる。

第二作は用字に僅かな違いがあるが、「相聞　三」と同じである。右二篇を記した後、「但し誰にも見せぬやうに願上候（きまり悪ければ）尤も君の奥さんにだけはちよつと見てもらひたい気もあり。感心しさうだつたら御見せ下され度候」と付記している。

右の第一作は同年同月二九日付小穴隆一宛て書簡にも「今様を作つて曰く」として記している。

「相聞　三」は室生、小穴宛て書簡からみて、「越びと」と同じく片山廣子に寄せた思いをうたったものに間違いあるまい。この前年一九二四（大正一三）年七月二八日、軽井沢の鶴屋に泊っていた芥川は室生犀星に宛てた書簡に

左団次はことしは来ねど住吉の松村みね子はきのふ来にけり

という歌を送り、「二伸　クチナシの句ウマイナアと思ひましたボクにはとても出来ない」と付記した。全集の注解に「住吉」は松村の歌枕とあり、仲間うちで松村みね子こと片山廣子を「山梔子《くちなし》夫人」と呼んでいた、口数の少ない婦人の意、とある。芥川は『新思潮』第一年第四号（一九一六年六月刊）に片山廣子歌集『翡翠《かはせみ》』の紹介を書き

日の光る木の間にやすむ小雀ら木の葉うごけば尾をふりてゐる

などを引き、片山廣子が属していた『心の花』主宰の「佐々木信綱氏も云つてゐる様に在来の境地を離れて、一歩を新しい路に投じ様としてゐる」などと評し、いわば旧派の和歌から近代短歌への移行期の作にすでに着目していた。それ故、軽井沢以前から片山廣子と面識があったにちがいない。しかし、彼女の才能に驚異を感じ、彼女を思慕するようになったのは、おそらく一九二四年の夏以降ではないか。

そう考えて読み直すと、「相聞　三」について、私がかねて森鷗外の左掲の作「沙羅の木」との比較で考えていたことも、修正を要するようにみえる。

褐色《かちいろ》の根府《ねぶ》川石《かはいし》に
白き花はたと落ちたり、
ありとしも青葉がくれに
見えざりしさらの木の花。

これは客観的な写生だが、それでいて清新高雅な抒情が流露している、とかつて私は書いたことがある。これに比し、「相聞　三」の末行「かなしき人の目ぞ見ゆる」がいかにも描く、無理があるようにみえる、というのが私の考えであり、これはいまも変らない。「かなしき人ぞ目に見ゆる」とか「かなしき人ぞ目にうかぶ」とでもなっていれば、よほど意味がすんなり通るように思うのだが、芥川はくりかえし、「目ぞ見ゆる」と書いている。それはともかくとして、この「相聞」三作と室生犀星、小穴隆一宛ての書簡中の作の計四作品は、「越びと」とあわせ読むべき作である。そうであれば、「目ぞ見ゆる」も、そうでなければならない必然性があったのかもしれない。そう読むと

わが名はいかで惜しむべき。
惜しむは君が名のみとよ。

も心をうつ句である。鷗外作も名作だが、五七調であり、「相聞」の四作は七五調である。どちらかといえば五七調の方がのびやかで静かであり、七五調の方が切実な思いを述べるのに適しているといえるかもしれない。
現代詩ではこうした典雅な音数律をもった恋うたはもうありえない。しかし、たんなる

懐旧の情によってだけでなく、一種の古典として鑑賞すれば、これらの相聞の詩は時間を越えた抒情詩であると、私は考える。

7

しかし、これらの相聞の作よりも私が愛するのは、やはり全集の「詩歌未定稿」中「「澄江堂遺珠」関連資料」に収められた次の二篇である。「戯れに」の(1)(2)はそれぞれ独立した作品だが、併記して引用する。

戯れに (1)

汝と住むべくは下町の
水どろは青き溝づたひ
汝が洗湯の往き来には

昼もなきづる蚊を聞かん

戯れに(2)

汝と住むべくは下町の
昼は寂しき露路の奥
古簾垂れたる窓の上に
鉢の雁皮も花さかむ

すでに引用した『大川のほとり』にも『本所両国』にも、芥川が両国、本所あたりの下町の庶民的な生活に懐旧の情を抱き続けていたことがはっきりしている。加えて、芥川は結婚後も、ごく短い期間を除き、養父母、伯母と同居であった。そのために愛する女性とただ二人で下町でひっそりと生活することを夢想した。幕末の大通細木香以の隠棲が脳裏にあったかもしれない。楚々たる世話女房と二人、何の煩いもなく、つつましやかに生活することなど、芥川は現実的にはありえなかった。だからこそ「戯れに」としかうたえなかったが、じつは誰の心にも潜んでいる普遍的な願望なのではないか。こううたった芥川の心情に私は哀憐の情を誘われる。

芥川の詩として知られた作品に「レニン」がある。全集の「詩歌未定稿」中の「レニン第三」は次のとおりである。

誰よりも十戒を守つた君は
誰よりも十戒を破つた君だ。

誰よりも民衆を愛した君は
誰よりも民衆を軽蔑した君だ。

誰よりも理想に燃え上つた君は
誰よりも現実を知つてゐた君だ。

君は僕等の東洋が生んだ
草花の匂のする電気機関車だ。

観念的な作だが、レーニンの性格、信条、思想がこの詩の第二連、第三連に要約されているといいえるかもしれない。しかし、私には第一連、第四連は理解できない。「レニン第二」は次のとおりである。

君は僕等東洋人の一人だ。
君は僕等日本人の一人だ。
君は源の頼朝の息子だ。
君は――君は僕の中にもゐるのだ。

レーニン的人格は東洋人、日本人の中にも存在する、ということだろうが、この作品は「レーニン第三」もそうだが、観念が先走っているだけで、詩としてのイメージが貧しい。次の「手」にも同じことがいえるかもしれない。

諸君は唯望んでゐる、
諸君の存在に都合の善い社会を。

この問題を解決するものは
諸君の力の外にある筈はない。

ブルジョアは白い手に
プロレタリアは赤い手に
どちらも棍棒を握り給へ。

ではお前はどちらにする？

僕か？　僕は赤い手をしてゐる。
しかし僕はその外にも一本の手を見つめてゐる、
——あの遠国に餓ゑ死したドストエフスキイの子供の手を。
註。ドストエフスキイの遺族は餓死せり。

「僕は赤い手をしてゐる」というのだから、芥川はプロレタリアの側に属している、というのだろう。同時に「その外にも一本の手を見つめてゐる」といい、ドストエフスキーの遺族は餓死した、という。だが、私が米川哲夫から教えられたところによれば、ドストエフスキー夫人はたいへん経済的観念の発達した女性として知られており、妻子が餓死したというような事実はないそうである。それはともかくとしても、「その外にも一本の手」とは文学を意味するのかもしれないが、この手を芥川はどうするつもりなのか、語っていない。いわゆる階級闘争において、プロレタリアの側に立つけれども、それでは割りきれない自分がいる、と言いたいのであろうが、それこそ「ぼんやりした不安」の域にとどまり、詩としても、思想としても貧しい。芥川は抒情詩人として稀有の才能をもっていたが、思想を詩で表現することは不得手であった。ただし、わが国の現代詩で思想詩とよべるような作品を書いた詩人は存在しないのだから、止むを得ないことだろう。

8

さて、芥川は俳句を数多く残しているし、俳句が好きであった。芥川は、詩や短歌以上に、はるかに情熱をもって俳句にうちこみ、芭蕉以下の蕉風を学び、年季のはいった俳人であった。たとえば、一九二一(大正一〇)年の作に

炎天にあがりて消えぬ箕《み》のほこり

という句がある。芥川龍之介はよく見える眼をもった人であった。彼の俳句中の代表作に

元日や手を洗ひをる夕ごころ

人であった。

がある。これも同年の句だが、心の若やぎ、波立つ襞を感じ、そうした感情を表現できる

芥川に『わが俳諧修業』という文章があり、その中の「教師時代」にこう書いている。

「高浜先生と同じ鎌倉に住みたれば、ふと句作をして見る気になり、十句ばかり玉斧を乞ひし所、「ホトトギス」に二句御採用になる。その後引きつづき、二三句づつ「ホトトギス」に載りしものなり。但しその頃も既に多少の文名ありしかば、十句中二三句づつ雑詠に載るは虚子先生の御会釈ならんと思ひ、少々尻こそばゆく感ぜしことを忘れず。」

次いで「作家時代」の項から一部を抄出すると次のとおりである。

「今日は唯一游亭、魚眠洞等と閑に俳諧を愛するのみ。俳壇のことなどはとんと知らず。又格別知らんとも思はず。」

右にいう一游亭は小穴隆一の、魚眠洞は室生犀星の俳号である。一〇句投句し、雑詠欄に二、三句採ってくれたのは「虚子先生の御会釈ならん」と思ったというのは、虚子に対する皮肉であろう。思うに虚子の権威を芥川は認めなかったのではないか。だから「俳壇のことなどは」「知らんとも思はず」という態度だったのではないか。

芥川の句が『ホトトギス』に初めて掲載されたのは一九一八（大正七）年五月発行、同誌二一巻八号の八三頁から始まる雑詠欄八七頁の

熱を病んで桜明りに震へ居る　　鎌倉　椒園
冷眼に梨花見て轎を急がせし　　同

であり、同年六月発行、同巻九号の九五頁から始まる雑詠欄の九九頁に

裸根も春雨竹の青さかな　　我鬼
蜃気楼見むとや手長人こぞる　　同
暖かや蕊《しべ》に蠟塗る造り花　　同

同年七月発行、同巻一〇号の八二頁から始まる雑詠欄の八六頁に

干し傘を畳む一々夕蛙　鎌倉　我鬼
水の面たゞ桃に流れ木を湖へ押す　同

同年八月発行、同巻一一号で初めて雑詠欄の冒頭頁の二人目に

鉄条《ぜんまい》に似て蝶の舌暑さかな　鎌倉　我鬼
日傘人見る砂文字の異花奇鳥　同
青簾裏畑の花を幽《かすか》にす　同

同年一〇月発行、二二巻一号の「雑　補遺」欄に

秋風や水干し足らぬ木綿糸　我鬼
黒く熟るゝ実に露霜やだまり鳥　同

同年一二月発行、同巻三号の七七頁から始まる雑詠欄の八一頁に

燭台や小さん鍋焼を仕る　　鎌倉　我鬼
癆痎《ろうがい》の頬美しや冬帽子　　同

一九一九（大正八）年三月発行、同巻六号の六七頁から始まる雑詠欄の七二頁に

青蛙おのれもペンキぬりたてか　　東京　我鬼
怪しさや夕まぐれ来る菊人形　　同

同年八月発行、同巻一一号の六六頁から始まる雑詠欄の七四頁に

もの言はぬ研師の業や梅雨入空《ついりぞら》　　我鬼

翌一九二〇（大正九）年一月発行、二三巻四号の一四三頁から始まる雑詠欄の一四九頁に

夏山やいくつ重なる夕明り　東京　我鬼

濡れ蘆や虹を払つて五六尺　同

がそれぞれ掲載されている。

ここで『ホトトギス』への投稿は終ったが、一九一八（大正七）年といえば、『地獄変』（『大阪毎日新聞』『東京日日新聞』に五月連載）、『蜘蛛の糸』（『赤い鳥』七月創刊号）、『奉教人の死』（『三田文学』九月号）、『枯野抄』（『新小説』一〇月号）等を発表、流行作家としても、また、作品の質としても、揺るぎない名声をえていた時期だから、そういう芥川を「雑詠欄」の片隅に「その他大勢」の一人として採り上げたのは、虚子の自負によるものだろう。

中村草田男は、「俳人としての芥川龍之介」（『芥川龍之介研究』河出書房、一九四二年）中、芥川は「大正六年、鎌倉在住虚子の謁を乞ふにいたつて、句作の興味は急激に目醒め、同七年八年頃は句作とみに活気を帯びて来てゐる。その頃の秀作とおぼしきものを次に例示すると――」として、『ホトトギス』雑詠欄にとりあげられた「蜃気楼」「暖かや」「蝶の舌」「青簾」「痨痎の」「青蛙」「怪しさや」とともに次の七句をあげている。（右の「蝶の舌」は「鉄条《ぜんまい》に似て蝶の舌暑さかな」の改作「蝶の舌鉄条《ゼンマイ》に似る暑さかな」である。）

凩や東京の日のありどころ　（大六）
凩や目刺に残る海の色　（大六）
惣嫁指の白きも葱に似たりけり　（大七）
瓦色黄昏岩蓮華所々　（大七）
夏山や山も空なる夕明り　（大八）
曇天や蝮生き居る罎の中　（大八）
竹林や夜寒の路の右左　（大八）

草田男は「句作開始後三年間に、既に一応の完成に達してゐると評していい。詳しくは後に論ずるが——趣味的な作品感の強い点、視覚的な鮮明さと鋭さに充ちてゐる点、特異な事物に対する嗜好の閃めいてゐる点、しかもそれ等全部の要素の力が究極に於て、言葉の斡旋、活躍へ集注されてゐること、さういふ彼の芸の特質がはやくもここに全貌を現はしてゐることに注意せざるを得ない」と言った上で、「青蛙」はルナールの『博物誌』中の「蛙——ペンキ塗り立て御用心」の焼直しであり、「癆痎」の句は飯田蛇笏の「死病得て爪美しき火桶かな」等の焼直し、「凩」「瓦色」は蕪村を想起させると言っている。「青蛙」はともかくとして、「癆痎」と蛇笏の句とは違った風情の句となっていると私には思われるし、草田男が別にいうように「焼直し剽竊の場合に於ても、その仕上げは常に如何にも巧妙であつて、あるものは偶然の機会にふと気づくのでなければ、絶えず原作に馴染んでゐる者でさへ容易にはそれと察し得ない程である。」

ただ、私は、草田男が引用した作中

凩や目刺に残る海の色

がいかにも観察こまやか、人生の哀愁にみちた佳作であり、次いで

曇天や蝮生き居る罎の中

が嘱目の句としても、なまじの眼では見えない生物の在り方をとらえていると考える。

『ホトトギス』に投稿していた時期の作では、

惣嫁指の白きも葱に似たりけり

が目につく。惣嫁は娼婦の意である。賤しい稼業の女性の指の白さに葱を連想する、作者のやさしさを私はうれしく思う。

こうしてみると、『ホトトギス』雑詠欄に虚子が採った句は、ほとんど駄句といってよい。芥川自身も不満であったろう。掲載の位置も芥川の自尊心を傷つけたかもしれないが、虚子の俳句観に芥川は同意できないものを感じたのではないか。だから、自分の句を採ってくれたのは「虚子先生の御会釈ならん」と嫌味をこめた皮肉な挨拶で、投句を止めたのではないか。

9

一九二六（大正一五）年一二月、芥川が刊行した『梅・馬・鶯』に自選の「発句」七十数句が収められている。前掲の作を除き、私が佳句と考える句を抄記する。

薄曇る水動かずよ芹《せり》の中

白桃や莟《つぼみ》うるめる枝の反《そ》り

自嘲

水涕《みづばな》や鼻の先だけ暮れ残る

白南風《しらばえ》の夕浪高うなりにけり

薄綿はのばし兼たる霜夜かな

唐黍《たうきび》やほどろと枯るる日のにほひ

霜のふる夜を菅笠のゆくへ哉

山がひの杉冴え返る谺《こだま》かな

春雨の中や雪おく甲斐の山

風落ちて曇り立ちけり星月夜

切支丹坂を下り来る寒さ哉

乳垂るる妻となりつも草の餅

春雨や檜は霜に焦げながら
兎も片耳垂るる大暑かな

右の中、「水涕や」「兎も片耳」や先に引用した「元日や」などは誰もが認める佳句である。

たまたま手許に草間時彦編『夕ごころ　芥川龍之介句集』（ふらんす堂、一九九三年）があるので同集中から私の好みの句を紹介したい。

花曇り捨てて悔なき古恋や　（大六）
稲妻や消えてあとなき恋ながら　（大六）
病間や花に遅れて蜆汁　（大六―八）
短夜や泰山木の花落つる　（大七）
主人拙《せつ》を守る十年つくね藷　（大八）
あかつきや蜱《いとど》なきやむ屋根のうら　（大九―一一）
夏山に虹立ち消ゆる別れかな　（大一〇）

夜寒さを知らぬ夫婦と別れけり　（大一二）
黒南風《くろばえ》の大うみ凪げるたまゆらや　（大一三）
臘梅や雪うち透かす枝のたけ　（大一四）
かひもなき眠り薬や夜半の冬　（大一五）
冴え返る身にしみじみとほつき貝　（昭二）

中村草田男は、芥川の「初期のものには、視覚的、絵画的な傾向が濃厚であつたが、その後には、蕉風に倣つたとおぼしき所謂「幽玄」の枯淡味を自然の単純な姿のうちにさぐらうとしたらしい」と書いているが、初期は別として、同意できない。後になるにしたがい、寂寥の感をふかくする、というように私には思われる。

また、芥川にとって俳句は、芥川自身は「余技」といっているが「余技以上」のものであったとし、「彼の好みにかなつたものには、長い年月に亙つて絶えず彫琢が施されて居た」と草田男は言い、一例として、「うすうすと曇りそめけり星月夜」が「冷えびえと曇り立ちけり星月夜」に、さらに前掲「風落ちて曇り立ちけり星月夜」に推敲されたことをあげている。

しかし、これは「曇り」と「星月夜」をどういう光景の中におけば落着きがよいか、という工夫をこらしたにすぎない。推敲ではない。推敲とは、私はかつて書いたことがあるが、草田男の句集『長子』の表題句が、去るべき由なく、家にとどまらざるをえない運命を的確に表現するのに

蟾蜍《ひきがえる》長子は家に遺されぬ
蟾蜍長子は家にとどまれる
蟾蜍長子遺りて家にあり
蟾蜍長子は遺りて家にあり
蟾蜍長子家去るべくもなし
蟾蜍長子家去る由もなし

の順で推敲されて最終の定稿に至ったように、改作をかさねることをいう。芥川のばあい、ここまでの自己表現としての俳句はない。そういう意味で、河童の短歌、「我ハ」六首、「越びと」「相聞　三」「戯れに」などに、よほど彼の心の底から湧き出た心情が切実に表現

されている。

芥川に「水涕や」をはじめ若干の秀句があることは間違いない。しかし、芥川にとって句作はあくまで気晴らしであり、余技であった。

後記

昨年一一月二四日、私は群馬県立土屋文明記念文学館（以下「文明記念館」という）から芥川龍之介について講演するようにという依頼をうけた。同館では芥川龍之介展を開催していた。この展覧会は以前、私が編集、監修、解説して、公益財団法人日本近代文学館（以下「近代文学館」という）が開催した芥川龍之介展の全資料を、ほとんどそのままそっくり貸し出して開催したものであった。そういう関係で私は講演をお引き受けしなければならない立場にあった。

近代文学館は、芥川龍之介が自死して以後、まず文子夫人から多くの資料の寄贈をうけ、文子夫人の没後は芥川比呂志さんから追加の資料の寄贈を受け、比呂志さんの没後も最近までご遺族からさらに追加の資料の寄贈を受け、芥川家の歴代のご厚意により芥川龍之介に関する貴重な資料のほとんどを収蔵するに至っている。

一方、私は、近代文学館の理事長をつとめていた時期、近代文学館の収蔵資料による文学展を積極的に他の文学館に貸し出し、その対価を近代文学館を維持、運営する費用の一部とすることを企画した。どのような文学展を制作するか、という発想にはじまり、編集、構成、解説は原則として私が担当した。このような文学展を近代文学館では展示パックと称しているが、私が担当した展示パックはおそらく一〇以上あるはずである。

私が展示パックの構成、解説まで担当したのは、もちろん解説者等に支払う謝礼などの費用を節約できるし、専門の研究者が担当すると専門的になりやすく、専門知識のない来館者には難しいばあいが多いからである。芥川龍之介展もそういう展示パックの一つであった。私は、いうまでもなく芥川の研究者ではないが、一般の来館者の水準よりは若干詳しい知識をもっているので、決して専門的でないが、一般の来館者には理解しやすいように構成し、解説を書いてきたつもりである。

文明記念館の芥川龍之介展もそうした展示パックの一であった。ただ、文明記念館から講演の依頼を受けたときは、一応、芥川全集を読み直し、私なりの考えをまとめておかなければならない、と考えた。講演にさいしては原稿を用意しなければならないと思って、原稿を作ったところ、二〇〇枚ほどになった。そこで六〇枚ほどの要旨を作成したが、要旨の半分ほどしか時間の都合上、お話しすることができなかった。

私はせっかく作成した原稿を放置するのが残念であった。原稿を作成中も、全面的に書き直したいと考えていたので、ふたたび全集を読み直して、旧原稿とはまったく別に書き下ろしたのが、本書に収めた文章である。

私は旧制中学時代からかなりよく芥川龍之介の作品を読んできたつもりであったが、二度三度、読み返してみると、いつも新しい発見があった。『一塊の土』などの現代小説をはじめ、まだ書きとめておきたいことも多い。ただ、私は、他に書きたいことも多く、依然として弁護士としての仕事もあるので、完全なかたちで芥川龍之介考を書き上げるのは諦め、このようなかたちで出版することにした。

私は、一九四四年四月、旧制一高に入学したとき、近代文学館における私の前任の理事長であった中村真一郎さんが創設した国文学会と称するグループの部屋で生活し、当時から、友人のいいだもも、日高普や、先輩として指導してくださった中村真一郎、大野晋、小山弘志といった方々から文学の手ほどきをうけた。中村真一郎さんは堀辰雄さんに師事していたし、堀さんは芥川龍之介に師事していたとみてよいだろう。そういう意味では、私は芥川龍之介と縁がないわけではないので、本書を刊行することになったのも偶然とはいいながら、感慨がないわけではない。

本書の刊行は、例により青土社の清水一人さんの厚意によるものであり、たまたま、かつて『ユリイカ』の編集長として私がたいへんお世話になり、つよい信頼を寄せてきた郡淳一郎さんが、本書の校閲、編集をひきうけてくださることとなった。青土社では篠原一平さんが面倒をみてくださった。これらの方々に心から感謝していることを記しておきたい。

中村 稔

二〇一四年六月九日

芥川龍之介考

2014年 8 月 25日 第 1 刷印刷
2014年 9 月 10日 第 1 刷発行

著者 —— 中村 稔

発行人 —— 清水一人
発行所 —— 青土社
東京都千代田区神田神保町 1-29 市瀬ビル 〒101-0051
電話 03-3291-9831（編集） 03-3294-7829（営業）
振替 00190-7-192955

本文印刷 —— 双文社印刷
表紙印刷 —— 方英社
製本 —— 小泉製本

装幀 —— 菊地信義

ISBN978-4-7917-6812-7

中村稔の本

詩集

新輯 うばら抄 二三三〇円

新輯 幻花抄 一八〇〇円

随想集

日の匂い 一七四八円

スギの下かげ 一八〇〇円

人間に関する断章 二二〇〇円

食卓の愉しみについて 一九〇〇円

詩人・作家論

樋口一葉考 二二〇〇円

中也を読む 詩と鑑賞 二二〇〇円